*Look at that.*
*These are beautiful white clouds.*

# 上海の白い雲

河原 城 KAWAHARA JO

幻冬舎MC

# 上海の白い雲

## 登場人物

陳丽萍《チンリーピン》……遼寧省鞍山市出身の満族、大連外国語学院の学生

李姉妹（姉が大李《ダーリ》、妹が小李《シャオリ》）……大連の老舗「風倶楽部」を預かっている朝鮮族の姉妹

稲井仁……日本の中堅商社の情報システム部門のエンジニア

陳国建《チンゴウジャン》……丽萍の父親、鞍山鉄鋼の工員

洪常寧《ホンチャンニン》……丽萍の母親、初級中学（日本の中学校）英語教師

陳詩雯《チンシーウェン》……丽萍の妹、ポリオ（脊髄性小児麻痺）を患っている

ジェフ（Jeffrey Coker）……東方トラベルの董事長（ＣＥＯ）、ドルリッジ社副社長、英国人

ベン（Benjamin Coker）……東方トラベルの同僚（部下）、ジェフの三男

リズ（Elizabeth Smith）……東方トラベルの副総経理、英国人

リンチ……ロンドン大学の経済学院生、印国人女性

燕《イアン》と悠然《ヨウラン》……丽萍の独国留学時のルームメイト

中国コンサル会社の副技師長……姪が独国留学の時のルームメイト燕《イアン》

周熙来《チョウシーライ》……中華人民共和国、第七代国家主席

## 歴史上の人物

永楽帝《ヨンラディ》……中国明王朝第三代皇帝
老仏爺《ラオフォイエ》（西太后）……清国末時の権力者
李鴻章《リーホンチャン》……清朝末時の政治家、欽差大臣
袁世凱《ユエンシーカイ》……初代中華民国大総統、北洋軍閥の総帥（李鴻章の元部下）
毛沢東《マオツォートン》……中華人民共和国の政治家、初代国家主席
鄧小平《デンシャオピン》……１９８９年迄の中国の最高指導者
江沢民《チャンツェーミン》……中華人民共和国、第五代国家主席
胡錦涛《フーチンタオ》……中華人民共和国、第六代国家主席
ミハイル・セルゲーエヴィチ・ゴルバチョフ……ソビエト連邦大統領（ソビエト連邦の最後の最高指導者）

——二十一世紀、人類は、複雑で曖昧な思考を情報技術で統制しようと試みた。
ところが経済は不確実性を拡大し世界を混沌に引きずり込んでしまう。
この世界に、189《リーピン》は闘いを挑む。この世界に勝者はいるのか。

# 第一章　再起

一人の見慣れない日本人の隣に座るようにチーママの小李《シャオリ》から促された。

中肉中背で少し浅黒い陳雨萍《チンリーピン》は、港湾広場＊の東側にある「風倶楽部」で、一緒に並んでいる「小姐《シャオジェ》（ホステス）」の中では、逆に目立つ存在だった。「風倶楽部」は、韓国人経営者が、朝鮮族の李姉妹に預けている、大連では老舗の日本人クラブだ。遼寧省に多いロシア系・朝鮮系中国人の真っ白な肌、長身でグラマラスな体形の中で、日本人サラリーマンは、クライアントに忖度し彼女のような目立たない小姐《シャオジェ》を指名することが多い。

《小詩《シャオシ》（詩ちゃん）、元気で過ごしていますか。いつも、あなたのことが心配で、頭から離れません。

父亲《フーチン》（お父さん）や母亲《ムーチン》（お母さん）が仕事に出かけた後、一人で小学校に行けていますか。ご飯を食べていますか。姐姐《ジィエジィエ》（お姉ちゃん）は、相変わらず、お金に苦労しながらだけど、大学へ行って勉強をしています。

今日、お店で優しそうな日本人が私を選んでくれました。今月の給料が五十元（約800円）増えます。次に来てくれたら、五十元、ボトルを入れてくれると更に百元（約1,600円）になります。きっと大丈夫です。今月は寮費が払えそうです。

彼は中国語が分からないので、最初は戸惑っていました。私も日本語ができないので、暫く黙っていたら、英語で名前を聞かれたので、英語と筆談で話すことにしました。彼は英語もあまり得意ではないようで、それに、彼の発音が悪く聞き取りにくいのです。でも、私との会話を楽しんでくれたようで、暫くしたら大連にまた来るので、その時は、店に来ると約束してくれました。彼に電話番号を聞かれましたが、「163」*のメールアドレスを教えました。毎日、店に来ているので、必要ないのにね。

しっかりと勉強して下さい。あなたが、高校生になる頃には、私のお給料でお金に苦労することなく、勉強できるようにしてあげるからね。私は、お給料の多いところへ勤める為に、外語大学を良い成績で卒業するように頑張るからね。

母亲《ムーチン》の言うことを聞いて、しっかり食べて元気にいて下さい。》

日本の中堅商社の情報システム部門でエンジニアをしている稲井仁は、初めての海外出張だった。昼に訪問した取引先の大連駐在所長に、夕食後に日本人クラブに案内された。席に着くと薄暗い店の中でホステスと思われる女性が十人程、テーブルの前に一列に並び出した。意味も分からず眺めていると所長から横に座る好みの小姐《シャオジェ》を選択するのだと教えられた。初めての大連だったので、最初に小姐《シャオジェ》の選択を促され、一番右の当たり障りのない彼女を指差した。日本語ができない丽萍《リーピン》と中国語のできない仁は、片言の英語と漢字の筆談で会話することになった。

二回目の大連訪問の土曜日の朝、宿泊先の「大連海景酒店」一階ロビーで丽萍《リーピン》を待っていた。木曜日の食事の後、駐在所長より「風倶楽部」で二回目の接待を受けた。入店後、直ぐに丽萍《リーピン》がいるか確認した。来週にも打合せが入っているので土日を挟んで滞在することになり、丽萍《リーピン》に大連観光の案内をお願いした。

丽萍《リーピン》は、ホテル近くの港湾広場で一台のタクシーを止めた。運転手と値段交渉をしているようで、なかなかタクシーに乗ることができなかった。中国語が分からないが内容は理解できた。いきなり喧嘩腰で、一日貸切りでの値段交渉を始めたようで面食らった。中国語での交渉は、延々と続いた。中国語は分からないが、あまりにも強気の丽萍《リーピン》を押しのけようとすると、体当たりで割込みを阻止された。最終的に、丽萍《リーピン》が仁に百元（約1、600円）を要求して、その手に百元札を一枚渡すと、そのまま彼女のポケットに収まっていた。その状況を確認した運転手は運転席に戻り、二人は後部座席に座ることができた。濱海路*を車内観光し、森林公園に向かい、バスで動物園を周回後、大連の山間部の自然を満喫し、タクシーに戻り、星海公園*に向かい、大連開発区で昼食を取った。タクシー運転手は同乗者が外国人だと認識すると軍事基地近くでは身を屈めて外から見えないようにまた写真は絶対取らないように注意した。大連には軍事施設が多く、運転手に一々指摘されながらの観光となった。開発区での昼食は中国の可能性と未来を感じ取ることができた。その後、大連中心街にあるスイス銀行大連支店の隣にある大丸百貨店に送迎され、タクシーをリリースした。麗萍《リーピン》はポケットから百元札を一枚渡し、運転手からの領収書を仁に渡した。一日貸切りタクシーが百元とは恐れ入ったが、観光の最後が日系百貨店となっていたことも、中国人の逞しさに敬服させられた。一通りの買い物の後、夕刻の中山公園*のオープンスペースでロシア人によるファッションショーが行われており、二人で観賞した。

その頃には、麗萍《リーピン》の素朴さの虜となっていた。ファッションショーが終わって二人で、「風倶楽部」に向かった。クラブで簡単に点心料理の夕食を取り、一時間程のんびりと会話した後、一人、徒歩でホテルに帰った。大連の印象は、自然の多さと人々の日本人に対する友好的な態度、そして、先進的な開発区でのシステム開発会社が多いということだった。その点を大いに気に入り、中国での開発拠点として、大連を最良の候補として考えていることに気が付いた。そして、その要因の一つが、麗萍《リーピン》であることも十分に意識していた。

《小詩《シャオシ》、元気で過ごしていますか。あなたのことが心配です。

優しい日本人は約束通りに、二人で店に来ました。彼は、私を指名してくれて、ボトルを入れてくれたので、予定通り百五十元（約2、400円）になりました。次からは、沢山の友人も一緒に来るようにお願いしました。お連れさん一人に三十元（約480円）貰えます。彼が支払いをしたので、新規のお客さんと小李《シャオリ》が認めてくれました。これからも、彼が来てくれると生活が楽になりそうです。「仁」って、彼の名前です。姓ではなく、名前です。変わった名前ですが「ジン」と発音するのよ。

父亲《フーチン》は元気にしていますか。いつも頑張っているけど、身体は大事にしてほしいので、無理せずにいてほしいと思います。そして、小詩《シャオシ》のことも少しは考えて行動してほしいと思っています。でも、きっと無理よね。あなたが病気になってから、父亲《フーチン》は一心不乱に仕事をするようになりました。「お金がないと家族を養えない」と口癖のように言ってたね。仕事人間に変身してるもんね。

母亲《ムーチン》の言うことを聞いて、しっかり食べて元気にいて下さい。》

丽萍《リーピン》は大連外国語学院の独語専攻の女子大生で、大学の授業料や生活費を捻出する為に、日本人クラブで働いている。遼寧省鞍山市*の満族*の一家に生まれ、父・陳国建《チンゴウジャン》は「鞍山鉄鋼」の工員、母・洪常寧《ホンチャンニン》は初級中学*の英語教師、ポリオ*の妹・陳詩雯《チンシーウェン》がいる中国の地方都市にある平凡な家庭に育った。真面目な父母の元、妹思いの勤勉な少女であった。中学卒業時、学業成績が地域で五十番以内に与えられる高級中学*の授業料免除優待生となり、家族に迷惑をかけることなく、高級中学に進学、母の職業に影響を受け、幼少より外国語に興味を持っていたことで、大連外国語学院入学を目標に勉学に勤しんだ。大学入試の為の勉強は、過酷ではあったが、最後は少数民族としての加点を得て、希望校の合格を勝ち取った。家族は妹の治療費で貧困ではあったが、地域同胞の祝福もあり誇りを胸に進学を後押しした。


《小詩《シャオシ》、元気で過ごしていますか。あなたのことが心配です。

仁が二回目に店に来た時、次の土曜日に大連観光したいから案内してほしいと言われました。小李《シャオリ》に言ったら、「観光案内してあげたら」って、

「きっと、お礼に何か買ってくれるわ」と言うので、明後日の土曜日に、デートをすることにしました。明日、小李《シャオリ》が、大連の観光コースを教えてくれるそうです。

私の初めてのデートの相手は、仁になりそうです。日本人はいつも微笑みながら小さな声で話をします。横に座っていても、私に気を使ってくれて、

「お腹すいてる?」、「次に何を注文したら良いかなぁ」とか、聞いてきます。

お客さんだけど、他の小姐《シャオジェ》にも親切です。仁の横に座っていると心が緩んできます。土曜日の朝、十時に彼の宿泊しているホテルのロビーで待ち合わせです。大人の人とのデートに着ていく服がないので、ちょっと困っています。仁が中国で使える携帯電話を用意したので、電話番号を教えました。日本にいる時はメールで、中国に来たら電話で連絡するようです。楽しみです。

姐姐《ジィエジィエ》の朝は寮の前の屋台で五角（0・5元、約8円）の饅頭を食べて、昼は学校の食堂で二元（約32円）の拉麺を食べています。夜は学校帰りに何か買って食べてます。たまにお金がなくて買えない時もあるけどね。でも、それは寮生活している友達も一緒だから、そんな日は、お茶だけ飲んで店に行きます。

母亲《ムーチン》の言うことを聞いて、しっかり食べて元気にいて下さい。》

二十世紀終盤の日本は、バブル崩壊後の影響を大きく引き摺り、元気のない企業と将来に希望を持てない若者が世相を暗くしていた。そして、一部の企業は常に石橋を叩きながら、本当に壊れないかと喘ぎながら仕事を進めながらも、当然のように取引先にも同様の消極性を求め、原価意識と確実な計画性を追求する気風が存在した。

反面、中国は若者が多く活況を呈していた、特に国営・国策企業はバブル期の日本企業以上に経済成長を謳歌し、昼間から高級レストランを予約し、中間管理職でさえ運転手付きの社用車を得ていた。中国での取引先の訪問では必ず接待での宴会が用意され、一次会の中国料理、二次会のクラブ、カラオケと催された。

彼の会社でも過剰な程、コスト削減を要求されていた。オフショア開発では、日本のシステム開発会社の半額以下で提示した上海企業よりも、更に人月単価がほぼ半値の大連企業を採用した。会社は、確実な業務システムの完成を要求し、コスト部門の中間管理職へは相当な圧力であった。低単価の見積であった為、要求通りの体制・工数で契約した大連企業であったが、データ交換プログラム製造は、順調には進まなかった。会社として初めて取り組む海外取引先とのデータ交換、海外ベンダーとのオフショア開発は、言葉の違いだけでなく、商習慣、契約形態、文章での仕様取り決め確認（中国語と日本語の取り違え、ニュアンスの違い）と、日本の取引先企業では考えられない問題が多発した。その為、進捗とその確認・検証作業に、二月《ふたつき》に一回程度を予定していた訪中計画が実際には一週間おきとなり、日本側もそれに影響されて作業遅延を起こしていた。オフショア開発で見込んでいた原価の圧縮により、仁は若干の経費の上澄みを利用して月曜日に渡海し、青島を経由し、土曜日に大連から帰国することを一週間おきに繰り返した。帰国翌週は日本での業務調整を行うことを三月《みつき》程行っていた。予定していた天津、台北、香港、グアムの取引先とのデータ交換に関しては、二次開発へと後退を余儀なくされた。しかし、仕入金額の大半を占める上海、青島、大連の取引先とのデータ交換は計画通りの導入を会社から厳命されていた。

《小詩《シャオシ》、元気で過ごしていますか。あなたのことが心配です。

昨日、仁と初デートをしました。彼は日本に家族があって、子供も二人いるそうです。写真を見ました。二人で大連観光して、中国の歴史を説明しましたが、私より彼の方が詳しくよく知っていました。「大連」は日本語なんです。知っていましたか。大連は昔、ロシアに占領されていたそうです。その後、日本がロシアと戦争して、大連を手に入れたそうです。その時にロシア人が「ダイレン」と呼んでいたので、日本人が漢字にして「大連」にしたそうです。中国では教えてくれないけど、仁が説明してくれました。半信半疑です。でも、デートは本当に楽しかった。百貨店で五百元（約8、000円）のコートを買って貰いました。他に冬用の手袋と靴も買ってくれました。姐姐《ジィエジィエ》は楽しく生きていけそうです。私が幸せになる時は、小詩《シャオシ》も一緒だからね。

毎日、夕方になると二人で、母亲《ムーチン》の学校まで、歩いて行ったね。母亲《ムーチン》が、いつも駄菓子屋さんでお菓子を買って、一つのお菓子を半分にして、母亲《ムーチン》と三人でじゃんけんして勝った二人が食べてたね。小詩《シャオシ》はパーしか出せないけど、母亲《ムーチン》と私はいつもグーだから、小詩《シャオシ》はいつも勝てたね。母亲《ムーチン》の右手は指の骨が開かなくてグーしか出せないと私は知っていたから。

　仁は、中国への訪問に合わせて、いつでもどこへでも連れて行ってくれます。大連では、いつも店に来てくれて、一緒にホテルへ帰りました。北京、上海、青島、天津、成都へも付いて行きました。仁の仕事の日は、昼間に一人で観光と買い物をして、休日は二人でデートを楽しんだの。仁との時間は、日本人が、私達をどのように見ているか教えてくれました。また、外国人が中国に対して持っている不信感や不安、期待を感じ取ることもできました。天津で座席が汚れているタクシーに乗り込もうとしない仁には困っちゃった。「ここは中国よ」と窘《たしな》めて、無理やり乗せたのも楽しい思い出です。

　ずっと二人でいたのに急に家を離れて、大連に住むことになってごめんね。あなたに何回も説明したけど、分かってないよね。

　母亲《ムーチン》の言うことを聞いて、しっかり食べて元気にいて下さい。》

　学生寮での狭い四人部屋の生活と比べると、仁とのひと時は、慎ましい小旅行だったが、とても楽しかった。人生で経済的な制約のない初めての日々で、仁が中国にいる間は、有頂天の毎日だった。学生寮の湿った寝具の薄暗い室と違い、明るく乾いた綺麗な寝具での就寝と楽しい観光をし、このように各地を旅行しながら生きていくことができたらと思うととても幸せで、そのことが、勉学への意欲に影響を与え海外留学への思いを駆り立てたのも事実だった。

一般的な中国国内の宿泊施設は、一般中国人が宿泊する「旅館」、中国人の出張者用の「飯店」、主に外国人の出張者が宿泊する「酒店」、外国人観光客が宿泊する「大酒店」等に分けられている。宿泊施設は、星の数で明確に区分けされ、外国人用のホテルは、基本的に三ツ星以上だ。特に指定しない限り、ツインベッドルームで宿泊料金は部屋単位、一般的に宿泊人数に関係ない。仁の中国滞在機会が多くなるにつれて、社内アテンドや手配、気配りもなくなり、社内経費に影響が出ない状態で行動を制約されることもなくなった。移動・宿泊予約は、グループ会社の旅行社が行っていた。出張族となった仁は、個別担当者が付き、仁の要求を正確に履行し、社内請求するもの、個別請求するものの切り分けも正確に行っていた。

《小詩《シャオシ》、元気で過ごしていますか。あなたのことが心配です。

クラブで伏し目がちに、ちらっと顔を見ると指名してくれる日本人の新しいお客さんが多くなりました。姐姐《ジィエジィエ》は、日本人が私を指名するこつを掴んだようです。最近、大李《ダーリ》も小李《シャオリ》も新しい日本人のお客さんが来ると私を真ん中に置いてくれるようになりました。毎日、帰ってから手帳に、今日の成果を書くことが楽しみになってきました。しかし、新学期の上期の授業料までは、貯まりそうにありません。

昨日、お客さんにチップをお願いしたら、横から小李《シャオリ》に呼ばれて、こっぴどく怒られました。

「この店はチップを貰う店ではない。チップがほしいのなら、そのような店を紹介してあげる」

と言われて、涙が出ました。

仁の出張は、どうしても取引先が多い上海が、多くなります。それで、上海観光は、隈なく回ることができたよ。できたばかりの上海地下鉄も乗りました。有名な南京東路や外灘、豫園商城*、淮海路、静安寺、七宝老街、上海博物館、新天地、時代広場、第一八佰伴、正大広場、東方明珠*、金茂大厦*、上海海洋水族館、世紀公園、外高橋公園と一杯ある観光地を時間のある限り、巡り歩きました。金茂大厦のスカイラウンジでの夕食は、窓際の席じゃなかったけど驚きで、心躍りました。内側の席から上海の夜景を覗いたけど、雲間から見える上からの東方明珠や黄浦江《ホワンプージャン》*沿いのライトアップされた金融街の夜景は、想像以上に凄かったよ。次回は窓際の席での夕食を仁が約束してくれました。それで、少し心が、落ち着きましたよ。次はいつ、行けるんだろうね。

少しは文字が書けるようになりましたか。本が読めるようになりましたか。食事がうまく取れるようになりましたか。口に入れる時、大きな物は必ず、小さく切ってから食べて下さい。お茶は沢山飲んで下さいね。下着を汚さないように、きちんとトイレに行こうね。散歩する時は、ゆっくり歩こうね。
母亲《ムーチン》の言うことを聞いて、しっかり食べて元気にいて下さい。》

仁の中国出張機会が増えるにつれて、取引先に対するシステム説明も順調に進んでいた。当初、コンピューターシステムを利用したデータ交換に関して、懐疑的に見ていた取引先も有効性の理解が進んでくると、対象範囲を拡大することにより合理的に作業効率が図れることを理解することができた。その為、この機会に恒久的な業務改善を実施しようとする経営者がデータ交換範囲の拡大と機能拡張を要望し出した。社内営業部門からも取引先の囲い込みと原価削減策としての活用の可能性も見え隠れし、積極的な推進と機能拡張を実施してほしいとの要求が主流となり、システム部門の業務量が想定以上に増大していった。体制の強化を中心に開発予算の見直し、拡大が図られたが、納期変更が議論されることはなく、プロジェクト管理作業は機能と要員だけの単純な変更・拡充では対応し切れず、個別調整に管理作業が、混乱した。全体調整と見直しが必要とされ、混沌とした管理状態となった。ユーザー要求仕様の変更は、システム化範囲や工程管理、作業計画、要員計画の見直しが付きまとう。既にプロジェクトが動いている状態でのこのような変更の作業量とその検証作業は、プロジェクトマネージャーに想像を絶する業務量を強いる。今までの社内稟議や納期と品質管理基準の整合性の確保は当然とし、大量に追加投入されたプロジェクトメンバーのスキルの見極めも必要となる。その頃、情報システム部門内では、お荷物プロジェクト的な扱いが浸透し出した。プロジェクトマネージャーとしての仁は孤立することになる。部長をはじめ、営業部門も失敗時の責任の連鎖を嫌がり、露骨に無関係を装うようになっていた。部長は慌てて、現状の責任をプロジェクトマネージャーの仁に押し付ける為の役員への報告資料を作成していた。

《小詩《シャオシ》、元気で過ごしていますか。あなたのことが心配です。

上海に行ってきたよ。豫園商城は、小詩《シャオシ》が喜びそうな玩具やお土産が一杯あったよ。もう少し、動けるようになったら、二人で一緒に行こうね。姐姐《ジィエジィエ》が案内してあげるからね。

初めて飛行機に乗りました。でもチケットを買ったら、五十元（約８００円）しか残らなかった。仁に会ったら、次の飛行機代も先に貰わないといけないね。安いチケットを探すのは大変だったよ。大連の空港は、工事中で、搭乗口まで迷路のようになっていた。虹橋空港＊に着いてバスに乗って、市内のバス停から、ホテルまで三十分以上歩きました。ホテルに着いたけど、古びた小さなホテルだったので、ロビーで待っている時は、本当に仁が来るのか心配で顔を見た時には飛び付いて、思わずキスしました。仁は恥ずかしそうに私の荷物を持って、エレベーターホールに逃げて行きました。部屋に案内されて、そのまま、仁の仕事が終わるまで部屋で待って、二人で食事に行きました。豫園商城のレストランはどこも人が一杯で、席に着いて食べている時も周りからずっと見られているので、何を食べたのか忘れてしまいました。今日は、仁がくれたお金を持って、朝から一人で上海観光をしました。楽しかった。夕食は外灘＊の見える浦東《プードン》＊側のイタリアンレストランでした。外灘の金融街が、スポットライトに照らされた風景は本当に美しく、小詩《シャオシ》にぜひとも見せてあげたいよ。次に来る時は上海一高い金茂大厦にある展望レストランで食事しようと仁が言ってくれました。摩天楼からの眺めはきっと素晴らしいと思います。

歩けるようになりましたか。竹製の車椅子は、もう小さくなったでしょうね。母親《ムーチン》に新しい車椅子を買ってあげてとお願いしたけど、高くて買えないそうです。近所の人が使っていた車椅子を譲ってくれるので、父親《フーチン》が修理して使いやすくしてくれるそうです。お金を沢山送ってあげたいけど、ごめんね。姐姐《ジィエジィエ》は来年の授業料が貯まらなくて、少ししか送れません。
母亲《ムーチン》の言うことを聞いて、しっかり食べて元気にいて下さい。》

旅先での買い物は、二人にとって驚き一杯の楽しい思い出となった。上海での買い物は、外国人と中国人で価格が違っていた。商品を中国人価格の二十倍以上で外国人に売りつける商売人もいて、仁は常に㒳萍《リーピン》に値段を確認してから、商品を買った。買わない素振りを見せると店員から、半値にしたり、十分の一程度での購入を懇願してくることも多く、元の価格が全く分からない物も多々あった。更に店員の中国人への接客態度と外国人に対する態度が、露骨に違うことは、あまりにも驚きだった、人前で決して笑わない上海人が外国人に笑顔で接客している姿は滑稽でもあった。貨幣価値の差が人間の価値の差のように思われて、不愉快だった。

中国国内の観光地では同じような土産品が多い。酒、茶葉、茶器、水晶、チャイナドレス（特に子供用）にハンドメイドのキーホルダー等はどこにでも同じ物が大量に出回っているが、価格差は大きい。北京、上海の観光地では、他の二倍以上の価格で販売されているようで、ブランド品の専門ショップも、偽物が横行している。高級品は購入意欲自体成就できない状態となっている。丽萍《リーピン》は仁からの土産について、高級化粧品を所望した。同じブランドが中国国内に販売されていても、水が違うとか、中国人が信用できないとか、ブランドショップ自体が本物か、偽物を売っていないと保証できないとかの理由で、化粧品を中国で購入することを拒んだ。

旅にはサプライズが付きものだ。冬の天津や大連では、高層ビルの横を歩くのは禁物だ。太陽が昇るのに合わせて暖かくなると、氷の塊がまるでガラス片のように結構な頻度で落下してくる。死人や怪我人がきっと出ていると思うのだが、不思議なことにニュースや噂で聞いたことは一度もない。仕事中はアテンドしてくれる中国人や駐在員が気を使ってくれるが、休日のバカンス中に丽萍《リーピン》の肩に破片が落ちてきたこともあった。彼女は「仁が買ってくれた日本製のコートは丈夫なので問題ないわ」と気にしていないようだが、人に優しくない街作りはいずれ弊害が出てくるだろう。天津では朝からの打合せの為に坂道を上っていると縦一メートル、幅二メートルくらいの氷の塊に出くわすことが多々あった。夜間に破裂した水道管より漏れ出した水でできた氷の塊だそうだ。歩道を塞ぎ、車道まで伸びていることもあり、それを、作業服を着た十人程の清掃員がシャベルの腹で叩いているのも毎朝の風物詩のようになっている。

同じような光景を丽萍《リーピン》と天津空港*の滑走路で見た。空港の滑走路上にできている水たまりのような氷の塊を皆で叩いて取り除いている。物珍しさに見ていたが、丽萍《リーピン》を始め周りの中国人は一瞥を与えることなく、まるで見えないもののようであった。同様に会社内で毎朝、ゴミ箱のゴミを集めている清掃員に声をかける社員を見たことがなく、現地社員に「おはよう（早上好《ザオシャンハオ》）」と、挨拶くらいしたら」と言うと「彼らの仕事だから」と一蹴される。階級意識というか、仕事の担当区別というか、習慣の違いに驚くこともある。

北京から天津行きのバスではあまりの寒さに寝そうになると隣の中国人が小突いて起こしてくれた。このまま寝込んだら風邪をひくか足先が凍傷になる可能性があるそうで、彼は一睡もせず、天津まで起こし続けてくれた。

香港上海間の飛行機は地下鉄のように十分に一便程度の間隔で飛んでいる。上海での出発時刻は常に遅れていて、チェックインカウンターで「チケット通りの飛行機だと一時間遅れで三時間後に出発ですが、直ぐに乗りたいのなら、今から走ろう」と言われることがある。その飛行機のボーディング時間は案内板では三十分以上前になっているので、半信半疑で、一緒に走る地上乗務員と保安検査場も入国審査、税関検査場もガンガン擦り抜けていく。搭乗ゲート前でボーディングチケットを渡され、乗り込み着席させられる。預けた荷物が心配だが、心配している間に離陸《テイクオフ》となっている。落ち着かないまま、香港に到着し、問題なく入国できることに驚かされる。

《小詩《シャオシ》、元気で過ごしていますか。あなたのことが心配です。

仁が香港に一緒に行こうと言ってくれました。香港への渡航証を大学に申請しました。二週間後には、香港に行けます。香港から帰ってきたら、大学の授業料を払わないと退学になることを彼に説明しました。彼は驚いていました。日本では奨学金や銀行からの教育ローンとか困窮学生を支援する方法があると教えてくれましたが、ここにはそんな夢のような話は聞いたことがありません。彼は困った顔をしていましたが、用意してくれるようです。母亲《ムーチン》はあと三年くらいで退職になるけど、給与がなくなると生活が心配になるね。

新しい車椅子は慣れましたか。ベッドから車椅子への移動は、うまくできますか。母亲《ムーチン》がいたら大丈夫よね。でも、トイレは一人では無理かなぁ。母亲《ムーチン》に西洋式のトイレに変えるようにお願いしたよ。もう少し、もう少し、無理せず、希望を持って頑張ってね。

母亲《ムーチン》の言うことを聞いて、しっかり食べて元気にいて下さい。》

仁に連れられて初めて香港を訪れた時に、鳾萍《リーピン》は、不思議な体験をした。今まで、習った標準語や広東語以外の言葉が聞こえてきた。その言葉は、決して大きな声ではなく、囁くように上級市民と思われる人達が使っていた。香港は、中国復帰後の混乱で人の出入りが煩雑となっていたが、百年前の英国への割譲時にも清王朝を支配した満州民族の主要な人々は、滅びゆく清王朝から逃れる為、財産と未来永劫の繁栄を確保する為に香港への移住と潜入を密かに行っていた。彼らは故郷のツングース語を駆使し、地上に現れない満僑*を構築し、巨大な欧州経済に浸透し財産と家族の持続可能な繁栄を図っていた。彼らは決して表に出ることなく、中国国内の高級華人や成り上りの韓国人を操りながら、特に海運を主とする貿易業、貴金属業や高所得者を相手にした高級飲食業に投資しながら、政府高官にも表裏で影響力を発揮していた。丽萍《リーピン》は、満族の両親の元で小学校に上がるまで、今では誰も話さないツングース語を使っていた。香港に来て過去の記憶を呼び覚ますことになった。

香港にも日本人クラブがあり韓国系、比国系、中国系、地場の四系列の店がある。一番多いのが韓国系でホステスはほぼ韓国人、香港の酒場で韓国人女性相手に日本語で酒を酌み交わし、異国情緒を味わうことができる。彼女達は、容姿の優劣により韓国内、日本、香港、中国の順で働く国が変わるそうだ。他に日本の入国管理局で強制退去させられ、日本に入国できない韓国人が、香港の日本人クラブで稼いでいる者も多いとのこと。また、中国でビザなしで働いていると二週間に一回出国しないといけないので、三週間サイクルで一週間だけ香港で働いている人もいるようだ。韓国人のエネルギーに圧倒される。

《小詩《シャオシ》、元気で過ごしていますか。あなたのことが心配です。

香港はとても綺麗で見たこともない品物や建物、観光地、「シンフォニー・オブ・ライツ」、「テーマパーク」とか、沢山ありました。食事も美味しいものばかりですが、とても値段が高くて驚きました。上海よりも何倍も高いんだから。中国だけど中国語は通じないのよ。広東語が分からないので、英語で話をしました。大学にも沢山の外国人がいますが、香港は外国人しかいないように見えます。ホテルの部屋が狭くて驚きました。マカオに行きたくて、一人でフェリー乗り場に行ったけど、渡航許可書がないと行けないそうです。香港もマカオも中国なのにね。仁は毎日接待で、夜遅く部屋に帰ってきます。お酒と香港女の化粧の臭いで、気分が悪くなります。お土産は高くて買えなかったけど、小詩《シャオシ》のお土産は香港空港のテーマパークショップで仁に言って沢山買ってもらいました。人民幣はまるで紙屑のようで、香港札や米幣、日本幣が本当のお札だと思いました。お金って何でしょうね。家族皆で働いても、空港のお店であなたのお土産を買ったら、ひと月分の給料が全部なくなってしまいます。貨幣価値の違いで理不尽を感じました。私達の生命も同じように思われているんでしょうか。

小詩《シャオシ》が二歳の時、高熱を出して意識がなくなった時、私は学校を休んで看病したけど、何もできなかった。三日目に、あなたが目を覚まして、「姐姐《ジィエジィエ》、姐姐《ジィエジィエ》」と私の顔を見てるのに何回も呼んだね。私は「小詩《シャオシ》、小詩《シャオシ》」と何回も呼んだけど、きっと分からなかったのよね。倒れた時、病院で検査する為のお金を、父親《フーチン》も母親《ムーチン》も持ってなかったの。親戚も友達も皆、お金なんか持ってなかった。お金がないと検査できないから治療もできないとお医者さんから言われた時、父親《フーチン》は病院の小詩《シャオシ》のベッドの横で、お医者さんに頭を床に擦《こす》り付けて「助けて下さい」と百回くらい頼んでいたよ。でも、誰も何も言ってくれなかった。母親《ムーチン》は、黙ったまま病院の床を拳で叩き続けていたよ。それで、母親《ムーチン》の綺麗な手が真っ黒になっちゃった。

母親《ムーチン》の言うことを聞いて、しっかり食べて元気にいて下さい。》

仁から教えられる海外での旅行情報に興味津々の時に、大学で国費での欧州留学の公募があった。躊躇なく申し込み、猛勉強の日々が始まった。生活費と学費の心配がなくなった今、大連で欧米人を見つけては、会話を楽しみながら、実力を磨いていった。最終選考では少数民族出身者は丽萍《リーピン》のみであったことが優位に働いて、ドイツへの国費留学生として選考を勝ち取った。二月《ふたつき》後、初夏の浦東空港*から中国国際航空でフランクフルト国際空港への渡航となった。丽萍《リーピン》は渡航日の一週間前から上海に滞在し、仁との最後の別れを惜しんだ。丽萍《リーピン》は二年間の長期留学にもかかわらず手荷物程度で上海に入り、所持金も少なかった。上海滞在は、大型の旅行用バッグの購入に始まり、連日の買い物となった。出発日には早朝にホテルからタクシーに乗り、空港までの道程は空虚な一時間であった。仁は仕事の混乱収束の対応に悩んでおり、丽萍《リーピン》は、初めての海外渡航の不安で寡黙となっていた。互いに相手を思いやる気持ちが十分に持てず、浦東空港での別れもあっさりしたものであった。空港ロビーで朝食を楽しんだ後、別れ際に仁の百元札は全て丽萍《リーピン》の財布に収まり、出会ってから、たった一年であったが、感謝の気持ちを伝える為、互いに見えなくなるまで手を振った。仁はタクシー代の現金がないことで、空港から上海市内まで初めての公共バスに乗り込み、言葉も通じず、手元の現金も少ないことで不安な時間を過ごした。

丽萍《リーピン》のドイツ生活は、予想以上の苦痛の日々だった。早期での語学習得の為、半年間の語学学校での受講から始まった。欧州の文化や歴史を学ぶ為、美術館や博物館への見学も多く、その殆どが実費負担を要求された。宿泊はコンフォートスタイルで、中国人留学生三名で共同生活を行うことになっていた。家賃、食費、通学費と毎日の費用の捻出は、中国の田舎生活では考えられない金額となっていた。ワーキングホリデーも確認したが国費留学生には認められず、語学習得前で既に持ち金は底を突いていた。同居の二人は北京と上海の外語学院生で、共に国営や国策企業に勤める父母を持ち、俗に言う富裕層でドイツの関連企業から生活費が支給されていることを後から知ることになる。雨萍《リーピン》の生活費は二人が賄《まかな》い、雨萍《リーピン》を下僕のように使う生活が始まった。後から思うと、まるでドイツ童話の「シンデレラ」の実写版のような生活であった。そんな中、中国領事館より、一通の封筒が手元に届けられた。

《小詩《シャオシ》、元気で過ごしていますか。あなたのことが心配です。

ドイツに来てから、毎日、お金のことばかり考えていて、全く勉強ができていません。一緒に住んでいる燕《イアン》と悠然《ヨウラン》は、勉強もそこそこに、観光と高級レストランに入り浸りです。私は安い食材を探して市場に通っていますが、何が入っているかよく分からないソーセージとフランスパンばかり食べています。ドイツのハンブルクは、鞍山と同じでとても寒く、大連と同じような港湾都市です。でも、部屋はとても暖かく、快適です。台所があって、小さな個室が三部屋あります。掃除洗濯と朝食作りは私の役目で、燕《イアン》と悠然《ヨウラン》の宿題やノートの整理も毎日の仕事になっています。その為、独語と英語が身に付きました。燕《イアン》と悠然《ヨウラン》は、掃除や洗濯、料理は中国でもしたことがなくて、私が代わりにしています。大学では多くの友人もできました。ハンブルクは、想像以上に綺麗な街です。水辺に浮かぶ市庁舎は絶景です。でも、一人での散策は少し寂しいです。あなたが、もう少し自由に動けるようになったら、倉庫街を一緒に歩きたいです。あまり回る時間はないけど、ハンブルクの街の観光案内くらいはできます。

体調はどうですか。母亲《ムーチン》から週に一回程、学校のコンピューターからメールが来ます。父亲《フーチン》のことは全く分かりませんが、小詩《シャオシ》のことばかり書いています。元気でいるので、安心して勉強しなさいと、書かれています。でも、本当に元気ですか。

母亲《ムーチン》の言うことを聞いて、しっかり食べて元気にいて下さい。》

領事館からの封筒は、母からの力ない文字での手紙だった。妹の死と、家族がバラバラとなり別々の生活を送っていること、帰国しても帰る家がないことを淡々と母の端正な筆跡で書いてあった。ドイツでの奴隷のような生活に辟易《へきえき》していた丽萍《リーピン》は、妹の弔いを理由に帰国を決意する。帰国の旨を依頼すると、領事館事務官からは、帰国後の再入国を約束することはできないこと、留学は停止状態ではなく中止扱いとなり、再入国できても新たな留学となり、私費留学として費用負担や諸々の手続きは、最初から自己負担で行うことになると説明された。異国の地で将来の希望が見えなくなった今、仁への想いが丽萍《リーピン》の最大の慰めとなった。

丽萍《リーピン》と別れた後、仁の生活は一変していた。システム導入が当初予定通り数か月後に迫る中、システム設計の見直しが完了していない状況が続いた。取引先とのデータ仕様を機能設計書に落とし、オフショア開発にその旨の説明を行いながら、プログラム開発を指示していた。しかし、取引先とのデータ交換の種類と付加機能が予想以上に多く、その分多くの機能仕様書が必要となり、一部プログラム開発が先行していたものに対しては、完全な仕様変更や機能追加が発生し、追加費用での修正依頼が必要となった。要件定義、基本設計、プログラム製造と試験、検証作業が錯綜する最悪状態の構築作業を設計責任者として統括していた。更に、日常的な指示と設計書、プログラムの検証作業、進捗資料作成と会議資料、報告資料と日本での技術者派遣を含めて二十名弱のプロジェクトメンバーと大連での十名程の開発メンバーを抱え、混沌とした前が見えない業務をプロジェクトマネージャーとして進めていた。なおかつ、管理職業務を土日に行い、月曜日の朝からの出張で家族と会うことさえままならぬ状態の生活を送っていた。

丽萍《リーピン》がドイツに渡ってから半年後、仁は驚きのメールを受け取った。メールは英語で、最愛の妹の死が書かれており、留学生活を諦めて、鞍山に帰りたいとの内容であった。また、ドイツでの生活について、経済的に予想以上に厳しいこと、貧困での学生生活は耐えられない旨の状況報告も記載されていた。Ｗｅｂメールへの返信は、社内セキュリティで禁じられており、返信することはできないと思いながら、携帯電話から中国携帯へ簡潔にお悔やみのみをメッセージで返信することにした。

二月《ふたつき》程の間を開けて、既に帰国し、ドイツへは戻らないこと、鞍山の実家では家族が離散しており、母親は、最近、教員を定年退職し実家に戻って、祖母と暮らしていること、父親は鉄鋼工員として、江西省南昌市で働いていること、自分は鞍山で暮らす場所がないので、大学時代の友人が働いている大連の旅行社に就職して、大連に住んでいることが簡潔に記載されていた。仁は開発システムの検証作業で日本から離れることができず、導入までに大量の業務課題と日々発生するプログラム不具合に埋もれて日常を送っていた。当初予定の十月導入を諦め、半年後の四月稼働に変更することを会社側に納得させることができたが、四月稼働は死守することを約束することが前提となっていた。

春節*明けの真冬の上海から始まった導入前の実機での稼働試験は、制約された時間の中で、多くの問題を緻密に計画的に一つ一つ解決していく作業となった、気の抜けない仕事で神経が擦り切れる日々となった。久し振りの上海で丽萍《リーピン》の携帯電話を鳴らしてみた。思わずコールする電話に驚いたが、結局、通じることはなかった。日曜日に渡海し、水曜日朝一で青島に移動、木曜日の最終便で大連移動となり、土曜日に関空*行きで帰国することとした。

《小詩《シャオシ》、天国で楽しく健やかにいることを祈っています。あなたのことを忘れることができません。

母亲《ムーチン》からの手紙を領事館から受け取りました。小詩《シャオシ》が天国に逝ったことを知りました。小さい時から不自由な体で希望の持てない人生を送らせてしまいました。病気を克服して、人としての幸せな人生を送らせてあげられなかったことが、残念です。最後に一目小詩《シャオシ》に会いたかったのですが、叶わない望みです。二週間も前に亡くなっているから、葬式も終わって、埋葬されていますね。小詩《シャオシ》との楽しい生活を思っていました。お金を貯めてあなたを大連の大きな病院に入れて、私が毎日お見舞いに行って、話を一杯したかった、調子の良い時は二人で大連の郊外を歩きたかったね。私は、奇跡は信じないけど、希望を一杯持っていました。でも、その希望もなくなりました。母亲《ムーチン》や父亲《フーチン》の責任ではありません。『母亲《ムーチン》、自分を責めないで下さい。きっと、小詩《シャオシ》はあなた達の子供であったことを喜んでいると思います』

小詩《シャオシ》がなぜ生きていけなかったのか、私の罪の大きさに慄いています。》

水曜日の夕刻に丽萍《リーピン》から電話があり、金曜日の夜に夕食の約束をして電話を切った。丽萍《リーピン》の力ない話し方には心が痛んだが、その後の日本への報告資料作成に心が奪われ、自身の声にも生気がなかったように感じられた。大連のホテルでは、通常の客室は既に満室でスイートのツインルームに案内された。金曜日の昼にメールで餃子専門店に予約した旨の連絡があった。宿泊ホテル近辺で、水餃子、蒸餃子、焼餃子が楽しめ、野菜、豚肉、牛肉、魚介類と豊富な品揃えが自慢の日本人好みの店であった。寒い大連での温かい食事は有難い限りだ。冬の大連では冷えた冷蔵庫のビールを頼むより、常温ビールの方が確実に冷えており、青島麦酒で温かい餃子が堪能できる。しかし、指定されたレストランに向かうことはできなかった。

《小詩《シャオシ》、天国で楽しく健やかにいることを祈っています。あなたのことを忘れることができません。

あなたが、小さい頃、母亲《ムーチン》も父亲《フーチン》も仕事に忙しくて、私があなたの面倒を見ていました。毎日、何回も粉ミルクで母乳を作りました。その粉ミルクが後に大きな問題になりました。あなたが飲んでいた粉ミルクは化学物質に汚染されていた製品でした。事件が分かった時には、もう柔らかいご飯を食べていて、粉ミルクは飲んでなかったと思います。私は何も知らなかったのです。今考えれば、極端に安い豚肉を母亲《ムーチン》が、喜んで買ってきた時がありましたが、病気で死んだ豚かもしれません。野菜も水道水で洗っただけで食べていましたが、農薬が残ってたのかもしれません。近所の川で取れた小魚も食べていました。川の汚染も酷かったです。仁は、一緒に食事をする時は必ず火が通っている物しか食べなかったし、川魚は食べなかった。屋台みたいなところにも絶対に行かなかった。私もそれで気を付けるようになりました。

小詩《シャオシ》がなぜ生きていけなかったのか、私の罪の大きさに慄いています。》

丽萍《リーピン》は、日曜日の夕刻に携帯番号に残されていた番号を見て、何十年も忘れていた宝物の在処《ありか》を思い出した二十五歳の自分がいるようで、不思議な感じだった。直ぐに掛けなおすことができず、後日、間違い電話でないことを祈って、折り返しで電話を掛けた。直ぐに繋がると懐かしい声で下手な中国語が聞こえてきた。優しく労《いた》わるような声で、今までの苦労を思いやり、頑張ったことを称賛してくれ、妹の死を悼んでくれた。涙が止めどなく溢れて、何をする為に、何に期待し電話しているのかを思い出すのに時間がかかった。ただ、一日会って、慰めてほしかった。週末に大連へ来ることを確認し、会食の約束ができた。留学前の思い出が走馬灯のように蘇った。仁と楽しく食事をして、その後、中山広場横の最近できたコーヒーショップでゆっくりと話ができればと考えた。戻れなくなりそうなので、ホテルの部屋には行かないと決めていた。今までと違って、楽しそうな声ではなかったことが気になったが、金曜日に会えることを楽しみに今週を生きていこうと思った。

《小詩《シャオシ》、天国で楽しく健やかにいることを祈っています。あなたのことを忘れることができません。

鞍山であなたの入っている納骨堂で祈りを捧げました。母親《ムーチン》も一緒でした。母親《ムーチン》の実家に二日間泊めて貰いました。母親《ムーチン》と一つのベッドで寝ました。昔、母親《ムーチン》のお父さんが使っていたベッドだそうです。あなたと住んでいた家は、取り壊されていて、瓦礫の山になっていました。あなたの思い出の品物も何一つ残っていなかった。母親《ムーチン》、父親《フーチン》、私とあなたが写っている写真を一枚、母親《ムーチン》から預かりました。たった一枚の白黒の写真です。

大学時代の友達を見つけて、連絡先を聞いて電話し、住むところと仕事が決まったので、大連で住むことにしました。もう、鞍山に戻ることはないと思います。あなたとは、もう会えないでしょう。楽しい思い出も少なかったので、あなたの分まで一人大連で生きていきます。良い思い出を作ってあげられなかったね。楽しい思い出を作ってあげられなかったね。良い姐姐《ジィエジィエ》になってあげられなかったね。

小詩《シャオシ》がなぜ生きていけなかったのか、私の罪の大きさに慄いていています。》

真冬の夜の大連は零下二十度を記録していた。翌日に帰国するにはあまりにも課題が多く、解決できないことはプロジェクトの成果を左右する状況となり、夕食は取引先の事務所で具材入り饅頭を頬張ることとなった。夜七時になってから、電話で一緒に食事することができない旨、説明し、もう少ししてから電話するので、待っていてほしいとお願いし、今日、必ず会うことを約束した。夜七時を過ぎると取引先の担当者の付き合い切れない態度が表れ出し、無理やり現状での検証試験を終え、日本側に明日の検証作業の手順をメールで指示し帰路に就いた。車で送って頂いたが、車からホテルのロビーに入る間に身体は冷え切り、下車時の挨拶もそこそこに逃げるようにロビー横のエレベーターホールから開いていたエレベーターに駆け込んだ。

金曜日の夕刻にレストランで野菜の水餃子を注文した後に電話があり、再会を望んでいるが部屋にはいかないと固く決めていた気持ちが壊れていくことが辛かった。仁は謝りながらも気難しい雰囲気で、宿泊している香格里拉大酒店の部屋番号と帰宅予定時間を告げた。食事を終え、コーヒーショップで時間を潰した。夜八時以降の大連では、ゆっくりと話ができる店はなく、部屋に向かうしか選択肢はなかった。

仁が大酒店入室後、丽萍《リーピン》に電話すると既に食事も終わり、中山公園近くのコーヒーショップで待機していたので三十分後に部屋に来るように伝えた。直ぐにバスタブに湯をため、身体を温めて疲れた顔を見せずに、身綺麗にしてから、再会することにした。バスタブに湯をためている間に二年前と同様に、朝早く大学へ向かう丽萍《リーピン》の為に、百元札を十枚封筒に入れて、テーブルの上に置いた。時間通り、部屋鈴がなり、社会人としての落ち着いた雰囲気で若干背が高くなった丽萍《リーピン》が、部屋の前に立っており、凛とした姿に招き入れる自分が緊張していることを感じた。

丽萍《リーピン》は、勝手知ったる香格里拉大酒店なので、案内されることなく部屋の前まで行き、九時前に指先に力を込めてインターホンを押した。湯上がりの香りと優しい笑顔の中、軽く抱擁されて、部屋に迎え入れられ、応接のソファーに座るよう促された。彼の虚ろな目は、一年振りに再会する喜びではなく、二年前に初めて会った「風倶楽部」の小姐《シャオジェ》を見ているように思われた。

仁は「温かいシャワーを」と言い残し、バスローブをソファーの横に置いた。

飲み物を入れるグラスを探す為にベッドルームに入っていく姿を確認しながら、机の上の封筒をポシェットに入れて、そのまま部屋を出た。身体の奥に疼きがありリチャードギアを待つジュリアロバーツのように、後を追いかけて来る声を待ち望みながら、エレベーターを待った。無垢のエレベーターは、無機質に扉を開き、足が自然に動き乗り込んだ。何に怒っているのか、何が悔しいのか分からないまま大粒の涙が頬を伝った。香格里拉大酒店のロビーでタクシーに乗り帰宅した。テーブルから持ってきた封筒から百元札を一枚取り出し、「お釣りは要らないよ」と渡すと、卑猥な笑い声で「謝謝」と言われた。中国のタクシー運転手から生まれて初めて聞いた感謝の言葉であった。

《小詩《シャオシ》、天国で楽しく健やかにいることを祈っています。あなたのことを忘れることができません。

　あなたが生まれるずっと前に、父亲《フーチン》と母亲《ムーチン》は、天津で知り合ったそうです。父亲《フーチン》は南開大学の、母亲《ムーチン》は天津師範大学の学生だったそうです。そう1960年代頃の話です。二人は、同郷の中国共産主義青年団*の集会で知り合い、同郷のよしみで親しくなったそうです。父亲《フーチン》は上山下郷運動*の中、知青*として、鉄工所建設の為に故郷に帰りました。鉄工所が完成しても建築の知識が少しあった父亲《フーチン》を中国共産党は手放さず、幹部になることを約束して工員として働くことを依頼しました。彼は、守られることのない約束を信じ、母亲《ムーチン》を天津から呼び戻し、二人での生活を始めたそうです。1980年頃には私も生まれていたし、二人は真面目に一生懸命働いたそうです。住居や食べ物は工場から支給され、薄給でも生活は順調でした。保育施設や小学校は無償で治療費も要らない生活が続いていたけど、工場が半官半民となると給料が上がり、無償だったものが全てお金がいるようになったそうです。でも、二人の生活は質素だったけど、楽しい毎日だったと言っていました。あの日が来るまで。

小詩《シャオシ》がなぜ生きていけなかったのか、私の罪の大きさに慄いています。》

応援に戻ると丽萍《リーピン》の姿は既になかった。周りを見渡しているうちに渡航後の疲れが噴き出すように身体を包んだ。デリカシーのない振る舞いをした人間として贖罪《しょくざい》に気付くことさえなかった。来月から始まる運転試験に向けて、緊張感のある検証事項の確認が続いたので、逆に誰もいない部屋の中で緊張感から解放され、放心したように、丽萍《リーピン》の為に仕事中コンビニで買っていたオレンジジュースを一気に飲み干した。明日は、中国での最後の仕事だ。最後の中国出張を迎えられることに、心の底からの解放感が広がることを抑えることはできなかった。帰国したら、プロジェクトの完了報告書を提出することになる。納期遅延、計画比との原価過多、導入範囲の縮小と今後の計画についても、記載する必要がある。しかし、この導入までの過酷な業務を正確に評価してくれる上司もおらず、役員からの批判を一人で受けることになり、その責も負うことになるだろう。上司の保身と営業をはじめ周りの負の評価を一身に受けることは、既定路線として敷かれていた。ただ、仕事はこれで完了し、このプロジェクトからはやっと解放される。そのまま、明日の帰国の為に最終検証作業を思いながらベッドに潜り込むと熟睡することができた。

　同僚とのシェアハウスに戻り、熱めのシャワーを浴びて気分をスッキリさせてから、ベッドに滑り込んだ。今日一日の思わぬ展開が繰り返し思い出されて、直ぐに寝付けなかった。一年前なら、たとえ二日振りでも仁との再会は新鮮な歓喜で気持ちを抑えることができなかった。しかし、今日は嫌悪さえ感じてしまった。何も言わず部屋に一人残された仁の戸惑いを思うと、理不尽な振る舞いに切なさが込み上げてきた。家族との団欒に飢えていた自身が、仁に安穏の期待を抱いていたことが正直な気持ちだった。その望みは叶うことなく大連の寒風に乗って霧散していった。どんなことでも相談できる唯一の人が仁だった。全てを受け止めてくれると思える人だった。

　もう、自分には誰もいない。一人で生きていくしかない。

現実に凍える思いとなったが、一人で生きていくしかない。

もっと力を付けて、現実世界にしがみ付いて、一人で生きていくしかない。

誰に頼ることなく自身の力で、一人で生きていくしかない。

一人で生きて、一人で成功し、周りの全ての人達を見返してやる。

極寒で破裂した水道管の周りにできる氷塊のように復讐の決意は固く一生溶けることなく心の中に冷たく綺麗に黒々と固まっていった。翌日には、今まで、漠然と行っていたことを仕事に対する責任とその自覚で邁進するようになった。時代は、rel萍《リーピン》を受け入れ、結果は自ずと付いてきた。

# 第二章　延身

丽萍《リーピン》は、灣仔港灣道《ワンチャイハーバーロード》にある新鴻基《サンホンカイ》センター五十三階の会議室に通された。会議室の大きな窓からは、維多利亞港《ビクトリアハーバー》と対岸の尖沙咀《ツィムサーツィ》が一望できた。円卓の一番手前の空席を指さされ、自分の席だと理解し、座り掛けたが、一番奥の紳士が立ち上がり、全員が立ち上がるのを待って彼女を会議室のメンバーに紹介した。その紹介した紳士が、香港トラベル*のＣＥＯで上海に新設する東方トラベル*の董事長（ＣＥＯ）となる英国人ジェフ（Jeffrey Coker）だった。

機能拡張の滑走路追加と利便性を向上させる為の大改装中の中国遼寧省・大連空港*で、迷路のようになった通路から、慣れない道程で迫る搭乗時間を気にしながら、期待と不安の中、早朝の香港行きの飛行機に乗り込んだ。香港空港の到着ロビーを出ると、〝陳丽萍〟と書かれたレターサイズのコピー用紙を掲げている白人で長身の若い紳士が目に入った。彼は、英国出身で香港に赴任してもう少しで一月《ひとつき》になることや常に貪欲で旺盛な好奇心を持つ中国人との付き合いに驚いたこと。毎日の宴会に辟易していること等。送迎の間、個人的な香港の感想と仕事に関係ない話に終始した。機場快線（エアポート・エクスプレス）で香港駅に、香港駅からタクシーで新鴻基《サンホンカイ》センターの会議室まで案内してくれた。若いハンサムボーイは、丽萍《リーピン》が、幹部会が行われている会議室に入った時には、姿を消していた。その夜、彼女達の歓迎会と東方トラベル設立祝いの盛大なパーティが、鯉魚門《レイユエムン》で行われた。豪勢な作りの店では、新鮮な魚介類をシンプルに料理し欧米人に魚介類の本当の美味しさを提供していた。そして彼女の横には、空港で迎えてくれたハンサムボーイがアテンドされていた。彼の名は、ベン（Benjamin Coker）。ジェフの三男で、米国でMBAを取得し英国の大学院で物理学の博士課程を修了後、香港トラベルの新入社員として就職し、香港に赴任していた。今後、俐萍《リーピン》の良き相談相手として、董事長の忠実な僕《しもべ》として、東方トラベル創設に尽力することになっている。

会議は、彼女の入室時にひと時中断したが、その後、何事もなかったように各社の事業別に現状報告と今後の見通しについて、粛々と報告が続いた。ジェフは、女性として二人目の、東洋人として初めての参加者の様子を報告の合間に確認していた。会話や書類は全て、英語で行われており、彼女には心地よく聞こえていた。ジェフは総括として、中国本土への営業的期待に関して、十分に応えられると結んだ。

まさに時は、改革開放の集大成の時代として、五千年の歴史を持つ地域が一挙に解放され、世界中からの中国観光が急拡大した。大連の小さな旅行社で働いていた俐萍《リーピン》は、英語、独語に堪能な観光ガイドとして、欧米人相手の観光ツアーで多忙を極めていた。急に解放された中国への観光事業を投資目的に参加してくるツアー客も多々おり、丽萍《リーピン》の語学力は、ヘッドハンティングの対象となっていた。欧米人の前で失敗できない重圧はあったが、粛々とスポットライトの中で優越感を感じながら業務を進めていくことに魅力を感じない日はなかった。

ついに丽萍《リーピン》は、香港で旅行会社を経営している英国人ジェフが経営する東方トラベルで一年後には総経理（ゼネラルマネージャー）として昇格することを前提にした転職を決意し、新たなステップを踏み始めた。

１９９７年の香港返還後、鄧小平《デンシャオピン》の一国二制度や、江沢民《チャンツェーミン》、胡錦涛《フーチンタオ》の政策に業績予想に対する障害や問題があるようには思えず、新規事業としての上海進出を、東方トラベルへの設立投資額の大きさが現していた。最後にジェフは丽萍《リーピン》に自己紹介と今後の決意を述べるように促した。彼女は幹部会の一員として参加できる喜びと感謝を述べ、中国本土の経済状況と中国人の生活環境について、簡単に説明し、投資に対して決して裏切ることのない成果を挙げることを約束した。満場の拍手の中、会議は終了し、多くの幹部たちが可愛く小柄で凛とした中国人女性に膝を折って握手を求める列に並んでいた。彼女は既に、英語、独語、仏語を習得し、挨拶程度の日本語も使えるようになっていた。半時間以上経って解放された丽萍《リーピン》は、高層階から二階の遊歩道に降り立ち、まるで走っているように移動する香港人を見ながら、立ち止まることなく進んでいこうと心を新たにした。

香港を感じる為に銅鑼湾《コーズウェイベイ》にあるホテルへ一人で歩いて移動した。チェックインは既に済まされており、下着だけが入った小さな薄汚れたスーツケースも部屋の片隅に恥ずかしそうに置かれていた。二泊三日の香港ツアーの始まりだが、仁との思い出が隙間風となって心を擦り抜けることも心地よく感じた。仁と共にしたお陰で、香港の高層ビル群にも怖気付《おじけづ》くことなく、気持ちの余裕を感じることができた。ホテルの窓辺から九龍湾《クーロンベイ》を眺めていると手前の大きな競技用プールで単調に右から左、左から右へと泳いでいる少年に目を奪われていた。急に睡魔が襲い、早朝からの緊張感と旅の疲れで、ベッドに倒れ込むようにして眠りを貪った。静寂の中、けたたましい呼び出し音で暴れている受話器を慌てて取った。

「喂、你好（もしもし、こんにちは）」

「お連れの方が、フロントでお待ちです」

腕時計を見ると十六時二十分だった。

「请告诉我等一会（少し待つように伝えて下さい）」

十八時からの歓迎会なのに現実が戻ってきて飛び起き、身嗜《みだしな》みを整えた。幹部会と同じ堅苦しいスーツ姿に、ロビーに立っていたベンが少し驚いたように見えた。二人で渡船乗り場までタクシーで向かい、渡船で維多利亞港《ビクトリアハーバー》を渡ったところに、迎えの車が待っていた。彼女の心の準備が整っていることの有無に関係なく、戻ることのできない慌ただしい日々が始まっていた。開演十分前に会場に入ることができた。鯉魚門《レイユエムン》での歓迎会は、盛大に行われたが、二次会に誘われることはなかった。お金があればどんなことでも叶えてくれる華やかな香港の夜に田舎者でお酒も飲めない中国人の女性を誘う物好きは、富裕層の男性達には決していない。

翌日は少し寝坊してホテルのレストランで朝食をとった。朝食を取っていると、ベンが二日酔いの酷い顔で、彼女のテーブルに座り込んできた。彼は座るなりウェイターを呼びつけて、濃いブラックコーヒーとフライ・アップ*を注文した。彼の朝食が終わるのを行儀よく待って、行動を開始した。

久し振りの香港で、幹部社員としての威厳あるビジネススーツを購入する為に、銅鑼湾《コーズウェイベイ》辺りでの買い物に終始した。カジュアルなスーツをうまく着こなして、雨萍《リーピン》の執事となったベンが真っ黒な香港上海銀行のカードを振り翳《かざ》しながら支払いを行っている。その間、厚めのTシャツと履き古したジーンズ姿の雨萍《リーピン》は目立たぬように居場所を探していた。とある高級ブティックで支払いを待つ時に近くの婦人たちの囁くような会話が耳に入ってきた。

「袁克文」とツングース語が聞こえてきた。

「彼の資産が動いているようよ」

「中国共産党に取り上げられる前に、香港の工芸品を処分して、この先有望な会社を物色して購入したいと言っていたわ」

「中国共産党も香港ドルで外資公司を購入するのは許すそうよ」

とその時、「次はどこに行きますか？」と、ベンから声を掛けられ、急に現実世界に戻ってきた。

翌日、仕立て上がりのビジネススーツを受け取り、夕方のフライトで大連に戻り、来月からの上海生活に備えねばならなかった。大連で、全ての家具や家電を友人に提供し、一週間の準備の後、生活拠点探しの為、渡海した。上海では、上海威斯汀《ザウェスチンバンド》大飯店に二週間分、宿泊予約されていた。浦西《プーシー＊》の住宅事情に呆れる思いで、会社が用意していた外国人専用の不動産業者と渡り歩いた。不動産の契約は、①本社（営業事務所）、②自身の住居（借り上げ社宅）、③ベンの住居（借り上げ社宅）と来月から二、三か月間に必要な、仕事と生活の拠点を決めたかった。事務所は、静安区の南京西路沿いの賃貸事務所専用の高層ビルに決めた。中国の賃貸住宅の内装は、基本的に賃貸契約者が行う。部屋を決めてから、内装工事、家具の購入と入居までに二月《ふたつき》以上を要した。家具付きの賃貸物件もあったが、あまりにも高額で丽萍《リーピン》には、理解できなかった。事務所も同様で玄関ホールのデザインからネットワークの配線まで、事細かに決めなければ、工事さえ入れなかった。ただ、幸いに基本的な構成は、今まで、入居していた会社の現状機材を利用することで、話を付けた。一月後《ひとつき》には、営業が開始できそうだった。自室は黄浦江《ホワンプージャン》を眺めることができる十六舗*の対面にある浦東《プードン》の高層高級住宅街に決めた。厳しいセキュリティに少し驚いたが、部屋からは、黄浦江《ホワンプージャン》が見渡せ開放感があった。その向こうには、浦西《プーシー》の歴史ある金融街と豫園商城、その後ろには高層ビルが乱立していた。各棟に入るにはセキュリティカードが必要でカードがないとエレベーターのドアも開かないし、エレベーター内には階層のボタンがなく、カードを翳すだけで必要階に移動した。警備が厳重な敷地内にはバーベキュースペース付きのプールやスーパーマーケット、中国料理店、酒場と広大な公園も敷地を出ることなく提供されていた。多くの比国人が家政婦として働いていた。ベンも棟違いの住居が空いていたので仮に契約した。会社には、黄浦江《ホワンプージャン》を渡船で渡り、船着き場のコーヒーショップでコーヒーを所望し、事務所へは中山南路より、送迎車か地下鉄（または、タクシーかバス）で通勤することにした。家賃は、各々二万元（約36万円）で今までの月収の十倍だったが、週二回、比国人の家政婦がルームメイクの為、掃除洗濯と新鮮な果物を小綺麗に刻んで、冷蔵庫に置いてくれるとのことだった。衣類、家具、家電等生活に必要な物は、全て上海で購入することになる。上海の物価は目が眩《くら》みそうに高かった。今までの経験で、狡猾な上海人への対応は、身に付いていたが、緊張感が続かなかった。内装工事に三月《みつき》必要と言われた時は、頭から煙が出ていることを自覚できた。ベンも一月《ひとつき》後には赴任して来る。自身も含めて、数か月住むことになる宿泊先のホテルは、事務所に近い上海静安瑞吉酒店《ザセントレジスシャンハイジンジャン》にした。

事務所の開設は、当初契約時の通りには進まず、二月《ふたつき》程遅れることになった。上海で雇い入れた三名は、全員上海人で、自宅待機とし、給料は予定通りの基本給を支払うことにした。丽萍《リーピン》とベンは、上海静安瑞吉酒店《ザセントレジスシャンハイジンジャン》での業務開始となった。当然、ツアー業務もできず、雇い入れた社員と上海観光をしながら外国語の研修を行うこととなった。上海人の英語力は、素晴らしいものだったが、教育現場では米国英語が主流で、英国英語ではなかった。一つ一つの言葉を直しながら、欧州人の英語を覚えることになった。ただ、仏語や独語に関しては、丽萍《リーピン》かベンが対応することになった。

ベンはカリキュラム作成や事務作業、業務知識の習得を、丽萍《リーピン》の部屋ですることが多くなった。二人は、一日中一緒に過ごしていることもあり、いつしか仕事のパートナーから生活のパートナーともなっていた。小柄な丽萍《リーピン》は、体格の良いベンに子猫のように扱われながら、ベンのお気に入りのおもちゃのように身体を開かれていた。二人でいると若いベンの欲求を満たす為に、丽萍《リーピン》は幾度も、身体を弄ばれたし、襲ってこられる快感が染み付いていた。そして、行為の後、仕事に没頭していった。しかし、二人だけでない時は、部長と部下として、他に気づかれないように振る舞っていた。

上海での事務所や受け入れ態勢ができるとツアー業務が開始された。観光ツアーの集客業務は、全て香港トラベルが行った。その為、東方トラベルの事業の顧客はツアー単価の高い英国人を中心に欧米人のみとなり、上海発の中国国内観光を一手に引き受けて、広大な地域と歴史に溢れる中国での国内観光を行っていた。業績は、幸いにも言語力と身に付けた接客力で丽萍《リーピン》に成功を贈ってきた。観光ツアーは貨幣価値が低い中国国内のツアーで膨大な利益を生んだ。ツアー範囲は四つの直轄市と二十三の省におよび多忙を極めた。五名で始めた会社は、三年後に二百名の添乗員と五十名のバックオフィスを抱える中堅企業へと成長していた。分公司（支店）は、中国国内に十か所を超え、丽萍《リーピン》も三年間務めた総経理を含めて、五年間で親会社の香港トラベルの董事（取締役）、副董事長（副社長）と階段を上り、東方トラベルでは十名の総経理を従え、千人の社員を抱える経営者となり、個人の報酬は年間二百万元（約3、200万円）以上を得ていた。

丽萍《リーピン》と優秀な部下達は顧客満足を向上する為にハードとソフトの充実を考案した。これも、潤沢な資金のなせる業だ。ハード面では、欧米からの輸送を担当した航空会社に、東方トラベルの顧客向け専用ラウンジを浦東空港の第二ターミナル内に建設させた。空港での到着、出発、乗換時間に広大なラウンジとアルコールを含む飲み物、バイキング形式の食事を無償で提供する。顧客は快適な空港内待ち時間を過ごす為に、東方トラベルの上海発着ツアーを希望するようになった。ツアーで使用する観光バスの大型化も図った。観光地では、空港や主要駅からの道路事情は急速に改善されている。高速道路をはじめ、観光地周りの駐車場や土産物を中心とした商店街、レストラン街とハード面での拡張は、地方政府の構想に合致している施策として推進された。新しい地方空港の建設と連動した観光バスの需要が急拡大した。その為、国策企業の自動車製造工場が集中している江蘇省蘇州市*に観光バスの事業会社を立ち上げ、新しい清潔な大型バスを購入して、一挙に需要を先取りすることに成功した。椅子の大きさや間隔を欧米人仕様に拡充し、洋式トイレも設置した。当初は安全性と品質で日本車の購入を検討したが、価格が断然安い韓国車を購入することにした。その後、道路事情や駐車スペースの充実による若干のスペックダウンに伴い、現在は中国製の観光バスに代わってきている。

ソフト面でも、ツアー顧客の履歴情報を管理し、営業活動に活用することにした。リピーターが多い香港トラベルの旅行客に対して、中国での個別観光履歴を確認して、顧客の傾向を確認しながら目新しい新たな観光地を提案していた。地方政府への営業活動を充実させている中で、中国の観光地は日々、増え続けていた。

また、地方政府への営業で、中心となる観光地にライブカメラの設置を依頼し、定点動画を撮影しながら、全国の主要観光地の混雑状況を定時モニターし、その状況を地方政府と同時に共有することで、信頼を得ながら情報化することができた。四川省成都市*にコンピューターのデータ蓄積・分析センターを事業会社として立ち上げ、情報を一手に握って、地方政府の観光部署を囲い込むことができた。その関係の中で、地方政府より、主要ホテルからの予約、空室情報、有料観光名所の入場者数、観光地周辺の駐車場の混雑状況、交通情報等を毎日、地方政府経由で随時入手することができた。その中で、中央政府は政府系の航空会社の航路別の予約情報の提供も行っていた。情報化により、混雑を避けながら快適でスムーズな観光ルートの設定や変更、宿泊計画の事前調整が容易となり、集中監視による原価縮小、顧客満足度の向上と宿泊施設、地方政府の信頼感も更に向上した。

地方政府は、情報化への要望を強く持っていた。中央政府が推進して多くの予算も付いていたが、地方政府には事務的なコンピューター活用以外にアイデアがなく、アピールに乏しかった。そんな中、観光事業へのコンピューターの利用は、彼らにとっても渡りに船だった。携帯電話の爆発的な普及で、ネットワークは充実し、携帯電話の利便性が向上したが、それ以上の活用が課題だった。ライブカメラの設置や携帯電話への情報送信等のネットワークの活用についても、全ての地方政府で一挙に進めることができた。データ交換やWebでの動画配信とオンラインでの観光地チケットの販売や情報化は中央政府へのアピールという点では、画期的だった。観光事業で宿泊、交通の混雑状況を常に監視でき、管轄企業への利益誘導と機会損失が大幅に向上した。そして、納税額が積み上がっていく効果も享受できた。

　利用後、地方政府で評判が上がったのが、事故対応だった。観光客同士のトラブルは、公安上の課題だった。トラブル時の動画が決定的な証拠として、検証時間短縮が大幅に図られたし、犯罪件数も減少し、撮影されていることが前提に中国人観光客の行動も抑制されていた。効果の大きさに中央政府も黙っておられずに、大量のライブカメラ設置とデータセンターの推進と介入を露骨に行ってきた。全国に同じ観光地管理ソフトが配布され、東方トラベルの情報システム利用・運用料収入は莫大となり、その後、推進された中央政府の人民監視社会へのボタンを押したことになった。

「三つの代表*」は、鄧小平《デンシャオピン》が進めた改革開放の方針を、江沢民《チャンツェーミン》が具体的に定義した理論だ。東方トラベルはその思想を更に具体的に事業として展開し、多くの出資者からの資金調達を成し遂げ、出資者には期待以上の報酬を分配していくことができた。潤沢な資金力が、東方トラベルの推進力として、国内富裕層と欧米人に非日常的な観光と優越感を与えていた。香港トラベルは、リピーターの多い上海発着の東方トラベル商品で、先進諸国や欧州での事業推進を猛烈に進めた。その収益は、満足できるものであった。今まで、欧米人を中心に進めてきた事業を、中国人富裕層にも広げて、事業拡大推進を大きな投資として支援した。

四半期毎の幹部会では、俐萍《リーピン》の席順も五年前の担当経理（マネージャー）紹介の為の末席から始まり、半年後には副総経理（シニアマネージャー）となり、幹部会メンバーになったことで、階段を駆け上がりだした。今や董事長（ジェフ）の隣席まで昇り詰めていた。幹部会では、常に日本への進出について、興味を見せる役員が複数いた。ジェフも香港の帰りには、必ず日本を観光して、成田空港*や関空からロンドンへ帰っていた。彼は常に高級宿泊施設を利用しており、中国圏にない人工的であるが自然を生かした景色を、落ち着いた雰囲気と気持ちの良いサービスで心から寛《くつろ》ぐことができた。特に、美味しい食事と日本酒が、彼の好みでもあった。しかし、コストパフォーマンスを重視する多くの香港トラベルの顧客にとっては少し高価であり、またジェフの虚栄心も手伝って、日本への観光は一般観光客にとって高嶺の花だと考えていた。

上海に戻った俐萍《リーピン》は、隔週でベンを伴って日本視察を実施した。春先から秋口まで、沖縄から北海道へ、順次北上し、観光地の視察を行った。日本の観光地は、とても居心地が良かったのは驚きだった。ただ、ベンの我儘な行為には身体が付いていかない時もあった。ホテルでの仕事中に背後から襲われることも多々あり、行為の最中にレポートの概要をまとめていることもあった。小柄な雨萍《リーピン》には、身体を弄ばれても拒むこともできなかったし快楽と絶頂も仕事での疲労感を解放する為に欲していた。身体を求めることが愛の表現と思い込んでいるのは、仁と身体を合せていると、とても幸せで快楽を幸福と感じる思い出があるからだろう。そんな中、思いついたのが、日本人が昔行っていた集団で行動する観光形態だった。この方法を更に大規模な塊にして、集団観光を行う。中国人を隔離しながら観光したり、外国人との接触を遮ったりする方法だった。実際日本では混雑した歩道に集団が入っても、ぶつかることもなく歩くことができた。

日本での観光は、中国では、当たり前のようにある早朝から車のクラクションで目覚めることもなかった。ホテルでの朝食は、和洋中の全ての料理が美味しく作られており、衛生的な生活は、中国ではなかなか得られなかった。仁が住んでいる東京圏への出張には参加しなかった。未だに心の傷が疼くことが新たな発見だった。ベンには、日本視察に関して、責任者としてのレポートの提出を依頼していた。二週間毎に上がって来る報告書に観光地としての魅力と中国国内観光との原価差の大きさに驚きがあった。既存の安価な宿泊施設を利用した観光には、驚く程中国人が押し寄せており、既に日本では中国人による日本製品の爆買いによるニュースが連日報道されている状態でもあった。日本へは大量輸送の中国人観光客と、欧米人への高級感漂う観光の切り分けが必要な状態と認識された。日本に来てまで騒がしい中国人観光客との行動は、ベンも耐えられないと報告書に記載していた。この報告書のCCには、董事長のアドレスが常にあり、日本観光の推進を自分の手元に引き寄せることができる喜びと責任を自覚することの緊張感が新たな試練としてのし掛かってきた。

東方トラベルは、日本の観光事業を業務範囲に取り込んだ。併せて、新しい中国人向けの格安ツアーに乗り出した。今まで、香港トラベルの集客で欧米人を中心としていたが、東方トラベル自身の営業が展開してきた地方政府との関係の中で、中国人を顧客としたツアーを検討することにした。ツアー先は日本、交通手段は大型客船で、基本的に宿泊は全て船内として、千人から二千人規模でのツアーを想定していた。地方政府が集客とビザ申請を行い、委託業務として東方トラベルが請ける形態とした。最初のツアーは、江蘇省主催で南通港より長江を下り日本の神戸港へ、期間は一週間とした。月曜日の朝出港し、日曜日の午後に南通港に帰って来ることになる。この週から、毎週、上海周辺の港から日本の港へ向けて、大型客船が出港することになった。基本的には上海の宝山港が主要港となり、日本側は、沖縄、志布志、博多、境港、神戸、名古屋、横浜、新潟、秋田、函館と受入希望港が数多くなっている。一回の寄港で入出国業務だけでなく、観光バスは五十台から百台必要となり、その駐車場の手配からバス別の観光ルートと配員の手配等多岐に亘った。会社としての業務スキル向上が図られた。

旅客船での日本への中国人観光事業は、買付商人の様相を呈した。日本の大型スーパーや家電量販店は、購入された商品を客船まで無償配達するサービスを実施し、価格も中国では二割近くかかる付加価値税や日本での消費税も必要ないので、大量購買を煽《あお》った。客船は全室個室になっていたが、部屋に入りきらない大量の土産物が船内倉庫に持ち込まれた。実質的な日本滞在は、二泊三日となり、三日間の日帰り旅行は、前二日間の買い物と最終日の日帰り観光ツアーに集中した。その為、最終日の観光ツアーでの土産物は、観光バスの荷物スペースに入りきらない状態も発生していた。現地担当者の日本人は、中国人の凄まじい購買意欲に呆れるばかりであった。

欧米人の日本への観光ツアーは、基本的に浦東空港からの飛行機での移動を主としていた。細かな観光ツアーは基本的に全てオプションとして、航空券チケットと宿泊施設予約だけの自由観光に人気が集中した。中国系ＬＣＣを利用し、日本の地方空港へチャーター便を基本に運航することにした。沖縄、大分、松山、関空、中部、新潟、茨木、成田、仙台、秋田、青森、函館、旭川等、地方空港を中心に計画的に実施された。中国人があまり来ない高級温泉旅館等が用意され、朝食は旅館で、夕食はオプションでお好みの料理とし、日本の文化、芸術、食事とサービスを堪能するコースも用意した。日本観光を含む香港トラベルブランドの東方トラベルツアーは、リピーターも多く好評を博していった。中国観光を併設することで価格を抑えられ、日本観光だけのツアーより断然に割安感がある内容で提供することができた。

ベンとの観光地の視察は、日本が中心となった。ジェフは日本の情報を欲しがっていたし、ベンのレポートを待っている状況であった。特に温泉地では、部屋での食事と部屋風呂（家族風呂）は日本しかなく、ジェフはベンのレポートを楽しみにしていた。ベンは丽萍《リーピン》との視察では必ずこの形態の部屋を予約した。部屋風呂内での二人の時間を特に楽しみにしていた。

ある香港トラベルの幹部会の後、マレーシアへの旅行をベンが計画した。幹部会の翌日早朝、二人で香港駅からエキスプレスで香港空港に向かった。クアラルンプールまでのフライトはキャセイパシフィック航空のフルフラットのファーストクラスで横並びの席を予約して、小さな丽萍《リーピン》なら、ベンの横に腰掛けることができ、ブランケットの中で、小さな身体を弄ばれた。

そんな有頂天の彼らの行為の最中に、中央政府が、動き出していた。経済的な拡大を中国政府が見過ごすはずもなく、海外観光事業に対する方針を再検討していた。中央政府は、中国人の爆買いによる外貨保有の減少と、まるで輸入業者のように商品を購入するにもかかわらず、関税が極端に低く、政府が管理できない状態で国内に商品が入ることを問題にした。特に薬品、乳製品や高級装飾品関係事業者は、一挙に疲弊していった。その為、少額の土産以外は、輸入商品と同様の関税と付加価値税を徴収することを検討していた。購入額に対して二割程度の付加価値税と、商品によっては八割以上の関税がかけられ、高級装飾品を安く買っても、入国時に享受できないことが、購買意欲を阻害することは明白だ。中国人の日本観光の魅力も大きく削がれていった。

また、欧米人の観光志向は、見学とありきたりの土産物購入だけの中国観光に辟易《へきえき》し、高品質で安全な食事、安心、おもてなしの心、科学的に裏付けされた本物の歴史と近代的なホテルでの安眠が保証される日本へと心移りしていった。

ジェフは、中国人観光客の集客状況やツアー内容に興味を示さなかった。丽萍《リーピン》の手腕を信頼しており、大きな売上と期待以上の利益率、利益額を確保できており、安心しきっていた。ただ、欧米人による中日観光ツアーに関しては、厳しい目を向けていた。割安感が浸透して、高いリピート率と単価差による高売上は、維持されていたが、利益率の低さとそれに伴い、想定の利益額が達成できない状況が続いていた。実際、欧米人の日本旅行は、全く利益が出ておらず、中国観光で積み上げた利益を組入れて体裁を整えているのが、現実だった。ジェフや役員への報告は、商品単位での報告が基本で、個別の状況報告は、指摘がない限り提示されない。欧米人による中日観光の利益率向上は、既に限界を感じていた。原価削減の方法は、日本での滞在費削減以外に考えられなかった。その施策は、サービスレベルの低下を意味していた。日本側の滞在日の削減か、宿泊先や食事のレベルを落とすしか方法がないように思われた。いずれにしろ良い方法とは、言えなかった。

東方トラベルでは、中国人の日本観光で更に利益を上げる方法を考えていた。現状では、旅客船を東方トラベルがチャーターし、地方政府より観光事業を委託され、中国人を日本へ運んでいる。旅客船へのチャーター費用は、用船日数を基に事前に支払われる。船舶費の扱いは固定費となり、旅客船の用船社は、観光客の多少に関係なく、一定の収益を上げることができる。旅客船は、船主から用船社（裸用船社）が借り入れる。用船社は、その船を運航管理するシッピングマネージメント会社（運航管理会社）に船舶運航を委託する。船舶運航会社は、用船社から依頼を受けて、客船を動かすために船員配乗（船長、一等航海者等）、客室担当者や料理人等の観光客を運搬する為の全てを用意し、指定された時間に指定された港へ客船を配備する。最終的に一番大きな利益を得るのは、客船を保持している船主となる構造になっている。ただ、船主は運航上の責任を用船社に押し付け、用船社は、運航業務以外の責任を東方トラベルに押し付ける。丽萍《リーピン》は東方トラベルが船主となることを願った。船主となるには中古旅客船を購入するか、旅客船を新造船として造るかいずれかの方法が考えられる。現在、旅客船として利用しているチャーター便を購入する方法を検討したが、銀行団は東方トラベルではなく、香港トラベルの保証が用意できるのなら購入費の貸付をしても良いと回答を提示した。丽萍《リーピン》は、ベンに基本的な説明をジェフにするように依頼したが、回答は得られていない。ジェフは東方トラベルへの投資は十分に行っていると考えており、これ以上の、また、大きな投資に対しては、グループ他社や投資家に説得力のある理論的な説明が必要と考えている。基本的には、ジェフ自身は、乗り気でないのが事実のようだ。その為、スタッフ総動員で説得用の資料作成を開始した。

香港での幹部会が開催された夕刻、副董事長会の名目で食事会が開催されていた。董事長のジェフは毎回、香港政府の幹部や香港旅行協会の懇親会、主要顧客との食事会と確実にアテンドされており、香港トラベルの役員と食事することは殆どなかった。その為、副董事長四名とベンを含めた五名で予定のないメンバーが情報共有を兼ねて、集まっていた。

その日、董事長が予定していた中国政府の要人が急遽、香港に来られなくなり、ジェフの予定がなくなった。副董事長会に参加したいと英国人の副董事長に連絡した。当然のように副董事長は歓迎した。ベンは副董事長会の後、香港の友人と約束があると、七時過ぎには席を外した。八時頃、宴もお開きとなり、副董事長たちは、気難しいジェフを残して各々席を離れていった。お酒を飲まない鬲萍《リーピン》は、その後の予定も考え付かず一人残されてしまった。その時、ジェフは少し飲み足りなかったが、一人で飲みに行ける場所も分からなかったので、

「予定がないなら、今から、あなたのお気に入りのバーがあれば、一緒に行かないか」と誘ってきた。

残念ながら、そのような店は直ぐに思いつかなかったので困っていると、

「ホテルのラウンジで、お酒でも飲みながら話をしましょうか」と、更に誘われた。返事に困っていると、

「予定があるなら、無理にとは言わないですよ。あっ、陳《チン》さんは、お酒が飲めないので、ラウンジじゃ、辛いよね。じゃ、部屋でルームサービスを頼んで、簡単な食事を取りつつ話をしましょうか」

「お気遣いありがとうございます。それなら、お部屋で」と、返事をした。

董事長の部屋なら、落ち着いて話ができると考えたので、承知した。この機会に客船所有の説明ができると考え、誘いに乗った。

カーテンが開かれたフォーシーズンズホテルホンコンのスイートルームの窓からは、維多利亞港《ビクトリアハーバー》が一望できた。ルームサービスで、高級白酒のボトルと簡単な点心を、丽萍《リーピン》にはお酒で唯一飲める日本の梅酒を一本注文した。ルームサービスを待つ間に、ジェフはシャワーを浴びて、バスローブを羽織って寛いだいでたちになった。ジェフから「シャワーを使って頂いても、どうぞ」と勧められたが、さすがに断った。このチャンスを逃してはとの思いで、プレゼンテーションが頭の中で繰り返されていた。この機会に、董事長を納得させることができれば、次回の幹部会で全社プレゼンテーションの後、決定される可能性が出てくる。ルームサービスが来た時、部屋の隅っこに座っていたので応接セットの広いソファーに座るように指示され、テーブルを整理しながらソファーに移動し腰かけた。ジェフは隣に腰かけ、白酒の入ったショットグラスを一気に飲み干した。丽萍《リーピン》は目の前にあった氷入りのロックグラスに梅酒を移して、唇を濡らすようにして慣れないお酒に口を付けた。そして、意を決して董事長の方を向いた。その時、ジェフの右手が腰に回っているように感じた。一旦自分の右腰を見て、左に向き直した時、梅酒に濡れている唇は董事長に奪われていた。

ジェフは二回の離婚を経験し、現在、独り身となって、ロンドン郊外の別荘地に住んでいた。最初の妻との間には、病院を経営している医師の長男と小さな弁護士事務所の共同経営者をしている弁護士の次男がおり、二人とも既に立派に成人している。ベンは二人目の妻との間に生まれた。ジェフは、事業資産をベンに残したいと考えている。東方トラベルは、欧米人に高品質の東洋観光を提供する為に起こした。中国人の観光事業には興味を示せなかった。

部屋に戻ってから、自分の為にかいがいしく動く様子を見ながら、可愛い「丽萍《リーピン》」を愛おしく感じ、気が付いたら自分を制御できずにいた。唇を奪いながら小さな身体を引き寄せて、短いスカートをたくし上げて、腰の上に跨《またが》っている丽萍《リーピン》の衣をゆっくりと剥ぎとっていった。素足にからみついた小さな下着を奪い取るとバスローブの前を開けて、腰の上で体重を感じゆっくりと繋がった。

ジェフは、行為の後、ベッドに戻ると意識なく寝込んでしまった。丽萍《リーピン》は、素早く身支度を整え、ホテルからタクシーで自身の宿泊するホテルに戻った。シャワーを浴びて、寝込んでいると携帯電話が鳴り、ベンが、部屋のドアロックを外しておくように連絡してきた。直ぐに現れたベンが、欲求を満たし、酔い潰れるように被さって寝込んでいた。丽萍《リーピン》は混沌の地より抜け出し、シャワーを浴びて、使われていないもう一つのベッドで眠り込んだ。

朝、目覚めるとベンの姿はなかった。早朝からゴルフの為に広州に向かうジェフを見送りに行き、その後、自室に戻って二度寝していた。九時過ぎにベンから朝食に行こうと連絡があった。誘いを断って、もう一泊香港に留まることをベンに告げ、先に一人で上海に戻るように指示し、追加泊をホテルに連絡することも依頼した。昨日、望んだことではないにしろ実の親子に時間を空けず抱かれてしまったことに気まずい思いがあった。昼過ぎに起きだしてから、いつもの店で軽くお粥を食べて、久し振りに香港を一人で観光することにした。ゆっくりと頭と身体を冷やす必要を感じていた。蒲台島《ポタイトウ》をハイキングで楽しみながら、昨日の幹部会以降の状況を整理することにした。ジェフに船主の話をした記憶がどこにもなかった。また、高齢のジェフとの触れ合いを思い出すと身体が疼いて火照っていくことが恥ずかしかった。

ジェフは欧米人、特に英国人の文化人としての自負心を満たす為に欧米人自身が観光を通して、優越性を高揚してほしいと考えていた。英国人（アングロ・サクソン人）の繁栄を誇ることが、社会への貢献と考えていた。事業推進の主語は、常に英国人でなければ提案を理解しようとしないことが多かった。それだけにジェフと中国人の麗萍《リーピン》との思考の違いは大きかった。彼女はドイツでの苦しい過去が欧州への反発を強くしていた。中国人への貢献こそが東方トラベルの表向きの社是であるが、麗萍《リーピン》はそのまま受け止め、ジェフは便宜上の考えと思っていた。そこで麗萍《リーピン》は、上海で作成しているクルーズ船取得への投資の主眼を欧米人の為の効果が期待できるとの内容に変更するよう指示することにした。次回の幹部会の二週間前に投資の為の稟議資料をレポートとして提案した。完璧と思われるプレゼンテーション資料も作成し、ジェフからの指示を待ったが、幹部会の開始まで、プレゼンテーションの承認は得られなかった。

幹部会の数日前にジェフから私的なメールが届いた。幹部会の翌日から、二人で日本への視察旅行の誘いだった。行先は「小豆島」、期間は三泊四日、旅券等の手配は全て香港トラベルで用意した。東方トラベルには、休暇で大連に帰省することにした。倫理的な嫌悪を感じながら、これが最後の機会となるかもしれない上海クルーズ船への道にも未練があり、葛藤が渦巻いた。一度棄却された提案を再提出することは、ビジネス的にあり得ない。既成事実があるのに倫理観を持ちだしている自分に嫌気が差しながらも、それ以上にジェフとの交わりに心が動かされて小豆島への同行を承諾した。

香港での幹部会の当日、ベンは約束を入れずに麗萍《リーピン》との時間を用意していた。いつもの時間に幹部会が終わり、早めの夕食を二人で取ってベンの希望通り部屋で過ごすことになった。

翌朝、早朝便で関空へ、その後、レンタカーで神戸港へ、神戸港からフェリーで小豆島へ渡ることになっていた。昨晩からベンにまとわりつかれたので、時間ギリギリに香港空港より飛行機に飛び乗った。幸いにもジェフはファーストクラスで、丽萍《リーピン》はエコノミーの席だったので気にせず眠ることができた。空港からフェリーまでの運転は駐在社員が行った。丽萍《リーピン》は、助手席で爆睡の続きを貪《むさぼ》った。フェリーは各々個室が用意されており、二時間程眠ることができた。小豆島のホテルに入る頃には、日が落ちており、レストランで日本料理の夕食が待っていた。小豆島での運転は丽萍《リーピン》の仕事として割り当てられていた。運転免許は、大連で働きだした時に直ぐに取得した。その後、上海での業務開始が遅れたので、その間に香港で国際免許を取得した。日本の左側通行に違和感はなかった。ホテルは、大きめのスイートルームが一部屋、用意されていた。瀬戸内は温暖で綺麗な穏やかな海に流れる風は、特に気持ちよかった。美味しい食事、気持ちの良いサービス、衛生的なホテルと日本では大きな声で話をする人もなく心も穏やかになってくる。

食事が終わって、部屋に戻って来るとジェフと三月《みつき》ぶりに目合《まぐわ》うことになった。翌朝、カーテンが勢いよく開く音と、朝の太陽光の眩しさに薄目を開けた。カーテンが全て開けられた窓からは、瀬戸内の穏やかな海が広がっていた。二人でシャワーを浴び、唇を重ねながら、お互い身体を洗いあった。

ホテルで遅い朝食を取って、観光地と昼食、夕食のレストランの視察を始めた。三日間での視察先は多かった。毎朝、ジェフが日本の駐在員に電話をしてスケジュールを確認・指示していた。その予定に合わせて、丽萍《リーピン》の運転で小さな小豆島を廻った。

月曜日の幹部会翌日からの視察で、金曜日の遅い時間に上海の部屋に戻った。部屋にはベンが待っていた。ベンは、ジェフからEメールが来たことを告げた。視察後の関空のラウンジからのものだった。内容は、翌週の月曜日の午前中か、火曜日の六時以降にベン一人でロンドンのドルリッジ社（グループ本社）に訪ねて来るようにとの依頼だけだった。ベンは、内容が分からないので、丽萍《リーピン》に情報を持っていないか確認する為に大連から戻ってくるのを待っていた。昨日の夕食以降、仕事の会話しかしていないがベンのことは何も聞いていなかった。丽萍《リーピン》は、月曜日の幹部会でEメールを確認した以降、パソコンを開けていなかった。慌てて、ノートパソコンを起動し、Eメールを確認したがジェフからの連絡はなかった。

「ジェフからは、そのような話はなかったわ」と話しながら、「ジェフ」と言ってしまったことに戸惑った。

今まで「董事長」と呼んでいたはずだ。しかし、ベンは気にする様子はなかった。ロンドン行きのフライトは、明日の土曜日の夜間便しか空いておらず、困った様子で、立ち尽くしていた。丽萍《リーピン》は大連でいろいろあったので、今日は帰ってほしいとお願いした。ベンは心ここにあらずの状態で、素直に頷いて部屋を出て行った。

ベンと丽萍《リーピン》は互いに予備のルームキーを持っており、いつでも部屋に入ることができた。スーツケースの中には、自分の為に買った小豆島のお土産が入っていた。ベンが帰らないとスーツケースを開けることもできなかったので、ほっとした。翌日、朝から、スーツケースを整理していると、ベンが今から行っても良いかと電話してきた。夕方の五時には出ないといけないので、少し焦っているようだった。丽萍《リーピン》は仕事を片付けるので、出張の用意をして、昼から来るように返答した。前々回の香港での幹部会以降、丽萍《リーピン》は、ベンを避けるようになった。何年間も毎週、水曜日の夜、金曜日の夜から日曜日の朝までは、同じ時を過ごすと自然と決まっていたが、今は、仕事以外で会うことは殆どなかった。

このような関係はジェフに報告する必要はなかった。彼は、ベンの結婚相手は英国人と決めていたし、今は、遊びは仕方ないが真剣な交際は絶対に許さないとの態度だった。民族的な原理主義者で、他民族、他人種を家族に入れることを決して許さなかった。

月曜日の朝八時に、ベンはテムズ川沿いのロイヤルアーセナルにある二十階建てのドルリッジ社ビルの前に立っていた。二十階行きの専用エレベーターに乗って、最上階へ移動し、ジェフのいる第一副社長室に向かった。受付に来訪を告げると控室で待つように案内された。ドルリッジ社は、香港トラベルの親会社で、ジェフは、ドルリッジ社副社長と四つある事業会社のうち観光事業を統括する香港トラベルの社長を兼務していた。香港トラベルは、三つの方面別観光会社を持っていた。欧州、アメリカ大陸、東アジアの各方面で、各々に社長がおり、香港トラベルにも代表権のある副社長を兼務している直轄副董事長が一人いた。上記三方面以外は香港トラベルの直轄副董事長が担当しており、東方トラベルは、東アジア方面担当の観光会社となっていた。ジェフはベンに公私の内容で話をした。最初は、上海クルーズ船の購入について、ジェフの考えを伝えた。船主は、英国ドルリッジ社とすること、管理会社は香港トラベルとして、直轄の副董事長がその責を負うこと、ただ、ツアーの主体は、東方トラベルで行い、スケジュールが埋まらない場合は、香港トラベルで中日以外の航路で優先的に使用する。この条件で、ベンの意見を確認した。東方トラベルにとっては、チャーター便の契約先が変わるだけで、目新しさもなく、売上や利益向上に貢献することはなかった。ベンにとっては、アイデアを搾取されたと感じることはあっても、お金を用意できない東方トラベルとしては、反対できる立場にないことは明白だった。ただ、ドルリッジ社への貢献を明確にできることは、会社にとって、有益と見なければならない。この内容で雨萍《リーピン》に報告し、承認を求めた。次は、人事の件だった。ジェフは今後、数年のうちに香港トラベルの直轄副董事長の交代を考えていた。彼は、既に定年の年齢を超えており、数年のうちに新たな役員か役員候補が必要となっていた。その為、ベンに香港トラベルに戻り、英国での業務を担当するように打診した。役職は担当部長、勤務地はロンドンだった。最後に、英国人の女性を紹介したいので、どうだと話を継いだ。友人の子女で、二十四歳、器量好しだと煽ることも忘れなかった。明日、午後七時にいつものレストランで友人親子と食事するので、興味があったら来るようにと言い残した。

ベンは、金曜日の夕刻に上海に帰っていた。そのまま、雨萍《リーピン》の部屋で帰宅を待つことにした。土曜日の朝を迎えようとした頃、向かい合いながら腰の上に座った状態で、ベンがロンドンでの話を語りだした。あと二週間でロンドンに戻ること、新しい恋人ができたこと。行為はそのまま続いた。

一月《ひとつき》前に帰国したベンのアパートを引き払い、ベンの後任に送り込まれた五十歳の英国人女性副総経理に上海のアパートを明け渡した。仕事は上海で、生活は故郷での希望を叶える為に、大連で別荘仕立ての住宅を借りることにした。自宅にはインドネシア人の運転手兼、家政婦を一人置いた。私有面積は十倍だが家賃は五分の一となった。毎週月曜日の早朝便で上海へ飛び、金曜日の夜便か、土曜日の早朝便で大連に帰ってきた。併せて、伊国製高級車とクルーザの購入を考えていた。全国の総経理を集めての幹部会を毎月第三月曜日正午に、既に上海金融中心に上海の最高位を奪われている金茂大厦の展望レストランで行うことにした。狙いは、前月実績、当月予想の報告と総括、翌月以降の上海クルーズの集客を白い雲を見ながら、確実にすることだった。一週間単位の集客担当方面を明確にして、集客実績も報告された。二月《ふたつき》後までの旅客船予約を確実にする。集客の成果が、購入したクルーズ船のチャーターを東方トラベルが押えることに繋がる。会社の方針として、どんなことがあっても、クルーズ船を香港トラベルに渡さないとの決意を表していた。

三月《みつき》以上前に帰国したベンから、次回の香港トラベルの幹部会の前日にホテルで一緒に過ごせないかとEメールが来た。ベンに未練がある訳ではないが、ドルリッジ社の情報やクルーズ船の件も聞きたかったので、今更拒否する理由もなく会うことにした。香港での幹部会の後に行われるジェフの日本視察は、今後も同行で続けられることになった。ジェフは丽萍《リーピン》に対する興味本位で丽萍《リーピン》は影響力を保持する為に、継続を望んでいた。二人の利害は一致しており、阻害する要因は見つけられなかった。しかし、秘密はいつか隠し切れない状態となっていくだろう。

　ベンは同じフロアーに宿泊していたので、時間通りにブランケット姿で丽萍《リーピン》の部屋をノックした。既にシャワーを浴び、ブランケット姿で待っていた。二人は、キングベッドの奥にある、応接セットのソファーに並んで座った。

「ロンドンでの生活は、どう？」

「僕はイングランド人だからね」とベンのロンドンの生活の話から、会話は始まった。

「HQで何か目新しい話はある？」

「客船の購入での投資対効果について、他部署の副社長がクレームをつけていたよ」

「董事長はどう答えたのかしら」

「どうだかね」

「香港トラベルにも有益なことだから、今更やめないでしょうね」

　少し仕事の話をした後、丽萍《リーピン》には全く興味がない新しい恋人（フィアンセ）について語りだした。不動産会社の社長令嬢の彼女は社交的で知的な女性だった。毎日の連絡と週末のデートが日課となっている。香港トラベルの幹部会が始まる時間帯まで二人の時間は続いた。

幹部会が終わると、ジェフの前を逃げるように部屋に帰ってきた。ベンが寝ている姿を見て少し驚いた。その後の記憶はあまりないが、翌朝大分行きの早朝便の中で安眠できたことは記憶にあった。朝までベンに纏わり付かれた身体で、夕方から父親と営むことに罪悪感と優越感が募った。

ホテルで朝食を取って予定の視察先を運転して廻った。金鱗湖《きんりんこ》*と美術館を巡って、自然豊かな静かな散歩を堪能した。

「これから三月《みつき》毎になるが、この視察を世界に広げながら続けていきたい」と懇願された。

ジェフの依頼を当然のように受け入れた。幹部会前日から幹部会翌日朝までベンに抱かれ、幹部会翌日夕方からジェフに抱かれることになってしまった。既にベンはジェフとの関係を疑っている。

今月の大分視察でその疑いは事実として確信するだろう。ベンは受け入れるしかないが、関係を続けて行けるだろうか。屈辱の中で捕まえた二人を手放すことは考えられない。全てを投げ出しても、人生の勝利を掴んでいくと心の底に蠢《うごめ》く氷塊がキラリと光った。その為、仕事では有能なパートナーとして、私的にも彼らにとっての存在価値を高める為に、興味を惹《ひ》く為に欲求を満足させる為に従順な雨萍《リーピン》を作り上げてきた。彼らの富と権力を利用して、成果を過大に評価させのし上がることで自身の家族が受けた心無い中傷と云われなき犠牲の報いを受けさせることができそうだ。復讐へ最後の仕上げは近づいてきた。

ロンドンのドルリッジ社から東方トラベルに配属となった副総経理のリズは、社内でその実力を発揮していた。東方トラベルとドルリッジ社や香港トラベルとの課題は、全てリズが調整し、整理した状態で漏れる事なく報告されていた。お陰で業務ネックとなっていた社内調整作業は、半分以下となり、よりスムーズに業務を遂行することができた。リズが、上海の部屋を使うのに合わせて、会社近くの小さな機能的な部屋に引越した。リズは、社内ではスレンダーないでたちで、年齢を感じさせない行動力もあり、とても有能な上司として認識されていた。ドルリッジ社に入社二十五年以上になり、入社当初はジェフの担当秘書として、その後、秘書長を経て、新設間もない香港トラベルの英国担当部長を長年務めていた。今回、海外勤務を希望したので、上海に赴任した。結婚経験はないようだが二十歳を過ぎている大学生の娘が一人米国にいる。東方トラベルでは旧知の雨萍《リーピン》との相性もよく、女性二人で仲良くやっていた。雨萍《リーピン》と違って、リズは酒豪だった。ワインを飲み過ぎて、帰れなくなった時は、丽萍《リーピン》が送って行った。そのようなこともあり、月に何回かはリズの家で過ごしたり、丽萍《リーピン》に招かれて大連の家に泊り込むこともあった。

リズは、香港トラベル総務部副部長を兼務したまま、東方トラベルの管理部門を統括する副総経理として赴任した。ジェフは、ベンの英国への帰国に合わせて、東方トラベルの上海の本社に英国人の管理者を置きたかった。まさにリズの海外勤務の希望は、渡りに船だった。そして、リズは子供のいる米国を希望していたが、ジェフは手元から離さなかった。しかし、リズは前向きに捉えていた。東洋での生活を想うと、未知な領域に興味が湧いていたし、当初、中国事業で現地中国人の責任者の位置付けだった丽萍《リーピン》が、いつの間にか香港トラベルの重責を担っていることに、特に興味が有った。丽萍《リーピン》とは、Eメールでのやり取りだけだったが、一緒に仕事が出来ることを楽しみにしていた。過去に中国には、何回か来たことはあるが、今回初めて浦東空港に降り立った。丽萍《リーピン》が自ら迎えに来てくれたことに少し驚いた。アパートに案内された後、その日の昼食と夕食、デパートでの買い物も一緒に過ごしてくれた。言葉の通じない不案内な国で、丽萍《リーピン》の助けは、心に安らぎと余裕を提供してくれた。

リズは、ロンドン圏の文明社会の中で生活をしてきた。今日からの上海での生活や習慣の違いにより、思わぬ困難や発見があるだろうと心が高揚していた。文化の違いに興味が湧いて、中国への好奇心に心が躍っていた。その上海への赴任が人生の岐路となる大きな決断を強いられることになるとは、思いもよらなかった。

リズとの時間は、ドルリッジ社情報を知るのに大いに参考になった。時には驚くべき事実を聞くこともあった。リズにジェフとの関係を執拗に問い質されることもあった。幹部会の後の視察も概要を掴んでいるようだった。ただ、社内では、現地駐在員の同行を装い、二人でのアバンチュールとは思われていなかった。丽萍《リーピン》は現地駐在員の名前で視察報告書をドルリッジ社に提出していた。そして二人の関係を完全に否定したので、リズはその言葉を信用したように思えた。そのうえで、驚いたことに二十五年前、ジェフの二回目の離婚の原因は、リズとの関係を疑った奥さんの嫉妬心だったと漏らした。リズは尊敬するジェフに仕事で認められようと、下僕のように仕えた。旅行業への進出を考えて世界中の視察に向かうジェフに常に影のように付き添った。ジェフは離婚経験があり、その苦い経験から、若く美しいリズであっても、ビジネスライクな関係を崩すことはなかった。

二回目の離婚後、ジェフの紳士的な姿勢は続かなかった。幼いベンをスイスの寄宿舎付きの学校に送り出し、ロンドンのアパートを引き払い小さなイングリッシュガーデンのある郊外の古びた屋敷を購入し、家政婦や執事とリズを招き入れた。この状況をドルリッジ社幹部も看過できなくなり、リズを秘書長に抜擢し、ジェフから引き離したので、二人の関係は地下に潜ることになった。子供ができ、ジェフは認知したが、結婚することはなかった。しかも、二人の関係は未だに続いていた。

ジェフは社会貢献のつもりで、苦学生のインド人リンチを家政婦の一人として雇い入れた。リンチはロンドン大学の経済学の院生だったので、二十室程ある寝室のひと部屋を無償で貸し与えて、毎週水曜日の夕刻に最新の経済紙のレポート提出と報告会を義務として、大学院の授業料も負担した。報告会は、ジェフとリズが参加し、二年間続いた。開始半年後、リズの妊娠で屋敷を出てからは二人で続けられた。リンチは、慎ましい性格で身長が百五十㎝に満たない小柄だがグラマラスな女性だ。家政婦を始めた頃は、インド系英国人の彼氏がいて、勉強しながら結婚資金を貯められる仕事を探していた。しかし、彼の両親は、カーストの低い彼女との結婚を許さず、いつしか別れていた。

リズが妊娠している時に、いつものように書斎の寛いだシートで向かい合って座って報告を聞いていると、報告に気を取られているリンチの短いスカートの中から、無意識に少し開かれたスレンダーな太腿の間に真っ白な下着が見え隠れしていた。いつものように報告会の後、評価を兼ねたディナーを共にした。ジェフの評価がいつになく良かったので、

リンチは、

「私の部屋で、もう少し、話をしてくれませんか」と、お願いした。

大きな目が可愛く、知的で美人のリンチに惹かれたのはもちろん、今まで殆ど付き合いのなかったアジア人女性に、興味を憶えて、リズがいない解放感と寂しさが入り乱れて、ついつい「じゃあ」と返事をして、トランジスターグラマーに「三十分程してから、お邪魔するよ」と言っていた。

現在、リンチは仏国に渡り、結婚し幸せに暮らしているようだ。


上海クルーズ船について、ドルリッジ社でマーシャル諸島船籍の中古船船主になることがほぼ合意され、用船社は、香港トラベルの全額出資の子会社とした。現在、ロンドンで、運航管理会社の選定が行われているようだ。豪華客船の扱いは船会社の中でも扱いが難しいと判断され、運航会社の選定で苦労しているのが現状だという。自らのアイデアを自身で進められない歯痒さはあるが、少しずつ、希望が叶っていくようで、体制が整えば成果を翳《かざ》してロンドンまで乗り込むことができるかもしれない。東方トラベルの業務範囲に韓国と東南アジアの一部を新たに加えようとの検討が進められていた。中国人観光の社内での影響力が大きくなることに合わせて、事業拡大の波に乗り遅れないように対応しなければならないとの焦りを感じるようになった。東方トラベルに最近採用された日本人の担当部長と、更に越国かインドネシア人の副総経理の採用が検討されていた。盤石な体制でさらなる拡大路線で東方トラベルが進むことになる。必然的に社内での自身の影響力も大きくなっている。

ベンは、ロンドンに帰ってから一年になるが目立った成果が挙げられず、担当部署も前年度売上の維持に苦労し、利益額の減少が評価を下げていた。フィアンセとの関係は腫れものに触るようで、公私に亘って不満が募ることが多かった。ベンはジェフとのことは、一切聞かなかったが、既に事実として認識しているようだった。そのうえ、関係が切れることを恐れて、そのことを責めることもできずにいた。

ジェフは、ハワイでの雨萍《リーピン》との時間を楽しんでいた。月曜日の香港空港からキャセイパシフィック航空夜行便のファーストクラスで二人は並んでブランケットを掛けて、離れることなく過ごした。ハワイは、業務範囲外の観光地なので、宿泊先やレストランでステークホルダーに会うことを気にする必要もなく、観光客として、自然に楽しむことができた。できたばかりのアウラニリゾートでは、童心に帰って楽しんだ。ここでは、終始離れる事なく過ごした。ジェフは、営み自体より、雨萍《リーピン》の姿を眺めていることが多くなっていた。仕草に東洋的な奥ゆかしさが感じられ、西洋的な感性では見られないものが見えるように思われた。しかし、進んでいるはずの客船の船主契約や香港トラベルの体制についても、幹部会での発表以外全く話そうとしなかった。交わりもリズとは、激しく求めあっているようだが、ハワイでは静かに戯れている時間を楽しんでいる。

今回の幹部会で畘萍《リーピン》が、香港トラベルの筆頭副董事長となったことが発表された。大連、上海、香港、ロンドンと行動範囲は確実に広くなり、併せて経済的な膨らみと影響力が大きくなった。課題は多いが、大きい課題があれば解決の為に大きく動くことができるし、舞台の大きさに心が躍る。やっと、ここまで昇ることができた。決して、焦らず、慌てず、奢らず、確実に一人で、誰の力も借りず、確実に昇って行こう。まだまだ、これからだ。残りの階段を上らなければ誓いは果たせない、祈りは叶わない。

《小詩《シャオシ》、天国で楽しく健やかにいることを祈っています。あなたのことを忘れることができません。

母亲《ムーチン》は、元気にしているでしょうか。十年以上、電話もしてこない娘を忘れているよね。でも、私は、小詩《シャオシ》も、母亲《ムーチン》と父亲《フーチン》も忘れたことはないし、忘れることもできないよ。私達家族をいつも蔑んでいた地方政府の幹部達やあなたの病院の、何もしてくれなかった医者達、母亲《ムーチン》を虐《いじ》めていた学校の先生や父兄達の顔や名前も忘れることはできない。ドイツで一緒に住んでいた友人達や仁もね。もう少しで一家団欒の家族を取り戻すことができそうよ。復讐が終わったらね。

小詩《シャオシ》がなぜ生きていけなかったのか、私の罪の大きさに慄いています。》

# 第三章　興隆

華中に沈んでいく太陽に見られながら、海底から渤海大橋が浮上した。押し上げられたヘドロを大量の地下水が、一気に洗い流して行った。遼東半島と山東半島*の両側から、大型の清掃用トレーラーが三車線で一斉に走り出して清掃と乾燥を行っていく。北京の高級官僚を使って、日曜夜の遼寧半島側の一般車両のポールポジションが必ず用意され、磨き上げられ乾燥した車道を高級伊国車が十秒後には時速百五十kmで疾走していた。爽快感の中、雨萍《リーピン》の脳裏に昨日の朝の感情が蘇《よみがえ》った。

微かにエアコンの音が響いていた。テラスからの陽光に雨萍《リーピン》は、全身に気怠《けだる》さを感じながら薄目を開けた。昨日、深夜便で上海から大連に戻ってきた。生気を取り戻す為に、移ろいながらベッドから起き出して熱いシャワーを浴びていた。バスルームから見える濃い緑の森林は、どこまでも続いているように思えた。大連空港から深夜一時頃に、インドネシア人家政婦の運転で帰宅した。しかし、車の中でうとうとする事で、変に疲れが溜ったような気もする。

春節の休みも終わり、遼寧省鞍山市鼓舞鎮は寒さも少し緩んで小春日和の予感がする清々しい日の始まりのように思われた。雨萍《リーピン》は、泣いていた。いや、叫んでいた。生まれてこの方、こんな大声を出したことが無いほどに、全身で叫んでいた。

「母亲《ムーチン》、母亲《ムーチン》、母亲《ムーチン》。私は、もっと母亲《ムーチン》の言うこと聞くから、一生懸命働くから、真面目に勉強するから、小詩《シャオシ》の面倒も全部するから、私を家に置いて下さい。いやぁ〜、いやぁ〜、いやぁ〜、いやぁ〜、連れていかないで、私を家に置いて下さい。お願いです。母亲《ムーチン》、母亲《ムーチン》、母亲《ムーチン》」

　その日は朝早く、母亲《ムーチン》の怖い顔で、起こされた。

「早く起きて、学校服に着替えなさい」

　玄関が開いていて、知らないおじさんが二人、煙草を銜えてにやにやしながら中を覗いていた。着替えると、勉強道具一式と入るだけの衣服が詰め込まれているお気に入りのリュックを渡された。その時、我に返った。リュックを放り投げて、小詩《シャオシ》の寝ている部屋に逃げ込もうとしたが、父亲《フーチン》に首根っこを掴まれて、玄関まで連れてこられた。早朝より、子供が、あまりにも大きな声で叫んでいるので、近隣の住人が遠巻きに、集まってきた。遂には、城管*まで来てしまった。丽萍《リーピン》の泣き喚《ワメ》く声と抵抗は、治まるどころか、延々と続いた。玄関にいた怖そうなおじさんたちは、城管の姿を見付けて、慌てて姿をくらました。母亲《ムーチン》と父亲《フーチン》は、しかめっ面で互いの顔を見合わせて、堰を切った様に涙が溢れ出ていた。何か、ほっとしたように、怒り肩を下ろして、いつもの様に朝の仕度を始めていた。

朝方に、疲れた心の闇が鎮《しず》まらない中、昔の記憶が呼び覚まされた。目が覚めた時、全身が強張って、力を抜くのに時間がかかった。両手の爪が剝がれそうに痛かった。あの日、素直におじさんたちに付いて行ったら、小詩《シャオシ》はそのお金で治療を受けて、今でも生きていたかもしれない。治っていたかもしれない。自らの罪の大きさに心が慄き、涙が止まらない。枯れた心を潤すように、温かいシャワーを浴び続けた。シャワー室から出ることさえ出来なかった。小詩《シャオシ》は、もういない。厳しい現実を受け止めることが、未だにできない。小詩《シャオシ》は、夢にも出てこなかった。

今回の幹部会で丽萍《リーピン》が、香港トラベルの筆頭副董事長（副社長）となったことが発表された。香港トラベルCEOのジェフの推薦もあり、異例の若さでのドルリッジ社での役員会の出席も許された。香港トラベルの欧米人用観光ツアーは、順調に売上を伸ばしていったが、特に中国人観光客の旅客船ツアーが、売上・利益への貢献に大いに評価された。会議は、二時間程で終わるが、その後、ドルリッジ社役員との挨拶や食事会などがあり、一年間はほぼ終日スケジュールが埋まり、ロンドン観光の時間も取れなかった。ジェフも推薦人として初めて参加した役員会の時だけ付合っていたが、二回目以降は丽萍《リーピン》だけで対応した。基本的にロンドンでの役員会の翌週に香港トラベルの幹部会となるので、ジェフもベンも報告資料作成に忙殺され、丽萍《リーピン》を個人的に誘う時間はなかった。一度だけ、初めて参加した役員会の前々日にジェフのロンドン郊外の自宅に宿泊した。自宅で抱かれる気分は、緊張感のあるものだった。リズのことも気になって、嫌悪感さえあった。ジェフも周りの目を気にしたのか、以後誘われることはなかった。ベンとは、初めて参加した役員会の後に上司を伴って大きなレストランで軽食を共にしただけだった。

ドルリッジ社役員会メンバーとなったことで、丽萍《リーピン》の影響力は予想以上に大きくなった。中国の地方政府幹部も彼女との懇談や会食を希望することが多くなった。トップセールスが頻繁に行われ、日本への旅客船ツアーへの集客協力も大きく伸びた。ただ、日本以外への旅客ツアーの要望が大きかった。ＡＳＥＡＮ諸国へのツアー検討は喫緊の課題となっていた。また、東方トラベルの成功事例を模倣する船社や旅行会社が現れだした。そして、日本側の大手旅行社も参戦し、日本の地方都市は中国人観光客で千客万来の状態となっていた。中国の地方政府に関係性で強みがある分、一時的には耐えているが厳しい状況にあることも事実で、旅客船が投資に見合う集客を確保する為に東アジアと東南アジアへの旅客船ツアーの検討が必要となっていた。早々に中国泰国間、越国日本間のパイロット旅客船ツアーが実現することになった。

米国での投資型銀行から発生した金融破綻が確実にドルリッジ社の事業に影響を与えだした。特に不動産と物流部門の影響は大きかった。全社的に投資案件の見直しが行われ、香港トラベル所有の購入済みの中古旅客船投資も見直しの対象となった。しかも、旅客船需要は旺盛で、中古船市場では、購入時より、二割以上の利益を確保して転売できる状況となっていた。これから十年以上に亘って、確実に利益が出せる保証もなく、高く売れる時に利益確定に走りたい財務部門と、自社船なら用船料も抑えられ、また、用船料自体がグループ内の資金移動なので、利益の振替だけとなり、グループ内資産を有効に活用できる。借り船に戻ったら、今までと同様に市場の用船料価格に左右されることになり、現状では、用船料原価は確実に高騰することになる。

米政府は、金融破綻から二月《ふたつき》で数千億ドルの公的資金を財務省に与え、更に急遽作られた法文を元に、主要九行への資本注入も行い、大手製造企業も救済した。欧州でも主要金融機関を国有化し、一部には国家破綻も叫ばれた。欧州での金融策でも、救済の為の投資額は一兆ユーロを超えた。そして、その半年後に落ち着きを取り戻した。日本でのバブル崩壊後の処置を参考にしなかったら、惨状が更に広がっていただろう。

そんな中、香港トラベルは、新造旅客船をドイツ企業であるメクレンブルク造船に発注した。同社は豪華クルーズ船の建造では世界一の実績がある企業で、最高三千人の乗客と千人の乗務員を収容し、甲板には南国を思わせる巨大プールとヤシの木、大型の滑り台まで要求され、有頂天になっていた。こういう巨大なアイデアを出すのはもちろん中国人で、香港トラベルでは、自社にないスキルを補完する為に、要求仕様をまとめる最初から、ドイツ在中の中国系コンサル会社に新造旅客船の基本的な要件定義構築を業務委託することにした。豪華クルーズ船ツアーブームの先駆けで、中国中間層の需要を見込んでドルリッジ社は、大型投資に打って出た。メクレンブルク造船の経営陣は、暗闇の景気後退が見えだしていたので、中国政府の巨大投資を見込んで、従来の懸念であった技術の流出に目を瞑《つぶ》って中国人観光事業を救いの神と思い込んだ。

また、ドイツ人は破格なことに憧れがちで、それだけに中国系コンサル会社の大風呂敷に魅了されて、中国人とうまく関係を構築した自分たちの才覚に満足し、中国と歴史問題等で躓《つまず》いている日本人を小バカにしていた。

ジェフは、このプロジェクトの香港トラベル側推進責任者として、中国人の厞萍《リーピン》を担当させた。旅客船事業の推進者で、独語と英語に堪能で中国系コンサル会社とも、問題なく意思疎通ができることで適任と思われた。フォアポンメルン州*に半年間ホテルで住み込み生活をしながら、週二回のメクレンブルク造船社との会議に参加し、予算を睨みながら要求仕様を固めていった。中国系コンサル会社の副技師長の姪が、ドイツ留学の時に一緒に生活した燕《イアン》だった。彼女は、大学院を卒業するまでの七年間をドイツで過ごし、苦労してドイツの司法試験に合格し、現在、北京でドイツ企業の法務部門で働いているそうだ。ドイツ人と中国人のハーフの夫と、二人の子供の母親としても幸せに暮らしている。このコンサル会社は設立当初国策企業だったので、学生時代の燕《イアン》に毎月学業と生活には十分すぎる給与名目で学費以外にお小遣いが与えられていたと聞かされた。彼女の父親は政府の高級官僚で、副技師長もそのコネで入社できたと悪びれず話していた。専門用語の翻訳は苦労したが、この副技師長が親切に支援してくれたので問題なく、社内でも評価されながら要求仕様をまとめることができた。要求仕様をまとめ上げた要件定義書は大量になり、さらに英語、独語、中国語の三部が用意された。契約書も同様に常に三部構成で、全て丽萍《リーピン》が検証していた。要件定義書により、全長約三百五メートル、総重量十三万トン、総客数は千六百五十室、総乗客数は三千二百人となり、船内には三層吹き抜けシアター、二か所のプール施設、ウォータースライダー、カジノ、レストラン等の多彩なパブリックスペースを備えた新世代の大型クルーズ客船として一年半後に竣工予定となった。ドイツに滞在中、ダライ・ラマが訪独した時には、中国人として懐疑的な扱いを受けたが、その後、政治的な改善と共にドイツ人の中国人に対する考え方も改善されていた。

ドルリッジ社は、昨年、英国系銀行からの借入と中国系銀行からの低金利融資で、新造船の豪華客船を購入した。銀行への返済期間は十五年だった。借入銀行で開設した海外会社の口座から、毎月月末に返済額を引き落とされる。口座は実質的に借入銀行により管理されており、香港トラベルの子会社である用船社が前月末日までにこの口座に翌月分の用船料を支払う（入金される）。借入銀行は、毎月末の午前零時に、返済額を差し引いた用船料（残額）を口座に入金する。入金額がドルリッジ社の収益となる。用船料の入金が確認された時点で、翌月の用船契約が自動継続する。

用船社は船舶管理会社に、前月分の請求書に基づいて管理費用を支払う。運航開始前に、借主である東方トラベルより、用船社に借船料を支払う。船舶管理会社は、供給者（諸々の事業会社、港湾等）に、航海単位に前々月分の下払い費用を支払う。用船社は、船舶管理会社に翌月分の船舶管理費用を支払う。

借主は、ツアーの就航計画に合わせて、翌月のチャーター費用を航海単位で前月末までに支払う。ツアー対象の地方政府より、申込み人数に合わせたツアー代金を受け取る。ツアー代金は、出発二週間前に半額、出発日に三割、最終日に一割、就航後、十日のちに残額が支払われる。

基本的に、運航上で発生する経費は、運航管理会社が一旦、全ての支払いを行う。しかし、支払う項目により、立替が含まれることが多い、借主や用船社が支払う項目は、用船社分は用船社に立替請求し、借主の支払う項目は、用船社が、借主に更に立替請求する。また、船主の支払う項目は、船主に立替請求することになる。その為、一月《ひとつき》の請求や支払業務の完了に数か月要することになり、収支の確定も同様となる。

例えば、一月に船主の支払う項目で、旅客船の側面の修理が発生した場合、全ての会社が、月末締め、翌月末払い（三十日サイト）とすると、二月の初めに、港湾の修理業者から、船舶管理会社に請求書が送られて来る。船舶管理会社は、二月末締めで、三月末に修理代を修理業者に立替経費で支払う。船舶管理会社は、二月の請求書に、この項目を追加して、三月初旬に用船社に立替請求する。

用船社は、三月末締めで、四月末に、修理代を船舶管理会社に立替金として支払いを行う。用船社は、三月末締めで、四月初旬に、この項目を追加して、用船社に立替請求する。

船主は、四月末締めで、五月末に修理代を用船社に立替金として支払う。船主は、一月の収支を四月末で確定することになる。本社事務の煩雑さに加えて、業績見通しの悪状況で旅客船の負債総額が大きく見えてくることが心配された。実質的に計画通りの利益を提供しているにもかかわらず、トラベル部門以外の担当役員が自部門の業績悪化を紛らわす為の材料として、旅客船の大きな投資を検討材料として取り上げようとしていた。

香港トラベルは、旅客船運航の体制とスキルを苦労して構築し利益が出だしたところなので、何としても二隻の旅客船の転売を阻止したい。三年先の市場動向もよく分からない現状で、十年以上先までの利益額を積み上げたところで説得力が無かった。特に中国政府の観光政策変更により、旅客船需要の伸びは、ほぼ止まっていた。しかし、減少には向かっていないので高止まり状態だった。中国人の旅行意欲は依然旺盛で、中日間以外での需要は確実に見通せている状態ではあったが、五年先の話になると誰も良い返事をすることはできない。香港トラベルも、旅客船事業の収支が悪化すると、大きな負債の為、会社自体の維持も厳しくなる可能性がある。欧米人を今までのように快適な東アジアツアーに誘うにも、中国人による旅客船事業による利益が必要だった。旅行事業を継続する為にも、必死に構築した東方トラベルのチーム旅客船を無にすることはできない。ドルリッジ社内で、香港トラベルの存在意義を示せるか。ジェフの苦悶の日々が続いた。

ドルリッジ社の社内主要メンバーに旅客船の継続的な保有について、説明と説得を始めていた。継続的な保有で如何に利益が保証されるか、借入返済期間後の運用で、より大きな利益が確保できる可能性について、グループ他社の主要メンバーに説明していった。財務所管部門が旅客船を短絡的に売却しないように、事業側での監視が必要と考えた。その中で、社内調整を有利に進める為、旅客船の償還期間の短縮を図るように、同僚から提案があった。香港トラベルグループ会社からの用船料をいくらか、値上げできるか、確認することにした。現実的には、東方トラベルの借り船料を値上げすることが一番簡単な方法だが、最初に、船舶管理会社の管理費用の値下げを打診することになった。運航管理会社の抵抗は、予想以上だった。金融危機で、船具屋としての製品在庫の供給が追い付かず、全体的に価格高騰が続いていた。元々、大量生産品の中でニッチな製品在庫を持って利益を出していたが、安価な製品原価での購入が不可能になっていた。仕方なく二割のチャーター費の値上げを東方トラベルに押し付け、且つ、基本的に切れ目なくチャーターすることを要求することになった。東方トラベルの収支に確実に影響があるが、丽萍《リーピン》も最後には納得してくれると思っている。ドルリッジ社に見える形での利益確保に動かないと、東方トラベルへの見方は厳しいものになっていく。ジェフは、常に必死に仕事を進めている丽萍《リーピン》に少しは力となってあげたいと考えているが、個人的な思いを形にするのは、時間と労力が必要だ。

上海からの旅客船を利用した中国人の日本観光は、盛況だった。六泊七日の全泊船中泊で一人一万元（約16万円）からと航空便を利用したツアーの半額程度となっており、韓国や泰国旅行と同程度のリーズナブルで挑戦的な価格設定だった。東方トラベルの企ては、見事に成功したが、同様の客船を用意できる人達は、その成功を見過ごさなかった。特に富裕層の多い上海周辺では、半年程で同様の企画は数倍となり、旅客船の争奪戦が始まった。また、旅客船が停泊できるバースの予約も混雑が続いた。東方トラベルは、親会社が所有する自社船で、主要停泊港は上海の宝山港と決まっているので、上海政府との調整もスムーズに行うことができた。先んじている分の得は、大きいように思えた。

リズが上海に移ってからは、三月《みつき》毎の幹部会を名目に香港で密会を続けている。以前より香港トラベルの幹部会の議題はリズが担当し、ジェフに決済を仰いでいた。幹部会前の金曜日にリズは香港に移動し、土曜日の昼に来港するジェフを空港で迎えてから、日曜日の夕刻、リズが上海に戻る為に離れるまで、二人だけの時間が続いた。ジェフは、キングサイズのベッドの中で、取り立てて目新しい議題もないので、説明もろくに聞かずに、欲望の全てを突き付けたい気持ちを抑えられずにいた。リズは、翌日に、上海に戻らなければならない。

リズが海外勤務を希望したのは、ベンがロンドンに帰って来ることを知ったからだった。今までの経緯からベンに会うことが辛かった。ベンの義理の妹の母親であり、自分に直接の原因はないが、ベンから実の母親を奪い取ったことになってしまった罪悪感があり、顔を合わせながらの仕事は続けられなかった。ただ当時、ジェフとの関係を望んでいたことも事実だった。ロンドンにいると隠し続けなければならない過去を、上海で解放された気持ちで過ごしていると、誰かに知ってほしいとの欲望が目覚めてきた。そして、丽萍《リーピン》の姿を見ていると過去の自分を見ているようで、結果を残せなかった自分を凌駕するように愛しく自分ができなかった飛躍を応援したいと感じていた。

目が覚めると丽萍《リーピン》の小さな寝顔が目の前にあった。昨日も二人で残業し、食事後リズのアパートになだれ込んだようだ。丽萍《リーピン》の唇に軽くキスをして、シャワー室に駆け込んだ。寝起きに熱めのシャワーで身体を起こすのが、ジェフから教えられた日課だった。髪を洗っていると、後ろから腕が回ってきて羽交い絞めにされた。小さなか細い手の平で房を鷲掴みにされた。二人でシャンプーを振り翳しながら、泡だらけで互いの身体を洗い出していた。後ろから丽萍《リーピン》が丸い尻に手を入れて、洗い出すとリズの身体が微妙に動き出し、唸るように声を絞り出していた。慌てて太腿で締め付けられている腕を抜くと二人で顔を見合わせて恥ずかしそうに微笑んだが、朝の時間のないことを思い出してシャワーで髪を洗い流した。バスタオルを頭に被って、リズは朝食を作り出した。その間に丽萍《リーピン》は髪を乾かし、出社できるように服装を整えていた。少し気まずい感じの中、二人で目玉焼きと厚手のベーコンの朝食を食べながら、今夕六時には、虹橋空港のゲート前での待ち合わせを確認した。今日は金曜日でリズを大連に誘っている日だった。慌てて朝食を取って、リズが洗い物をしている間に、丽萍《リーピン》は寝具を整えていた。そして、手を繋いで就業開始時間ギリギリに出社した。

大連では海鮮料理を堪能した。上海と違って、森林公園や山林に包まれ空気が澄んでおり自然を感じることができるので、リズは大連に来ることを楽しみにしていた。土日は車で窓を開けてのドライブが快適だった。先月完成したばかりの渤海大橋をリズに見せる為に青島に渡った。毎日、朝夕の六時から十時に車での通行が可能となる。通行時間帯以外は、渤海の海底五十ｍに道路は沈下しており、半時間かけて、海底から高度五十ｍまで、百ｍ浮上する構造になっている。今まで、渤海回りで三時間以上かけて移動していたトラック輸送が二時間以上短縮され、天津や北京の空気清浄も一割向上したと言われる。道路は片道三車線で計六車線、時速百五十㎞で走行できる車線が用意され、窓を開けることはできない。世界で最も汚染されていると言われている渤海の景観は、楽しめるものではないらしい。直線百㎞の高速道路を時速百五十㎞で突き抜ける爽快感が好きだった。留学中のドイツで、友人の彼がアウトバーンを時速二百㎞以上で走行した時の、爽快感は忘れられなかった。高速道路は、青島の空港を経由し、五四広場の近くを通って、海湾大橋まで続いていた。青島政府庁舎前の五四広場のハーバーに高速のクルーザーを購入する計画を持っており、月に二回は物件探しに来ていた。この辺りは、北京五輪の海上競技に使われるエリアだった。リズは、初めての青島で、観光を楽しみにしていたので、青島に宿泊することにした。大連の外国人はロシア人と日本人が多かったが、青島は韓国人が多く、幾何学模様のようなハングルの看板が溢れていた。昼食は、異国情緒が感じられる韓国街で、スパイスの効いた韓国風海鮮料理を食べて、夕食は韓国風焼き肉で青島麦酒を堪能することにした。

ホテルに戻ってから、二人はいつものようにダブルのベッドで一緒に寝ていた。リズの豊満なリンゴのような房を鷲掴みにして、小さなスイカを二つぶら下げているような尻に、腰と太腿で包むように、へばり付きながら寝ることが習慣となっていた。しかし、朝には立場が変わって、丽萍《リーピン》の顔がリズの房に押し付けられ、丽萍《リーピン》の腰と同じくらいの太さの太腿に挟まれて、抱き枕状態になっていた。大連では、ロシア人街もあり、ロシア人やロシア系中国人も多かった。その為、リズのように細身ではあるが、長身で胸や尻が大きいグラマラスな女性も多かった。大学入学の為、大連に初めて来た時は、首からリンゴを二つぶら下げて、腰にスイカを二つ抱えていると真剣に疑ったことが思い出された。

その日は珍しく、先に目が覚めた。シャワー室でリズに昨日の朝の悪戯の仕返しをされて、朦朧としているのを横目にシャワーを浴びていた。最後に身体を丁寧に洗い上げられ、リズに抱き上げられてシャワー室を出てきた。

　山東半島の海岸沿いを一回りして、早い夕食の後、大連に帰って来た。月曜の早朝便で上海に帰ることになるので、早めの就寝の為、シャワーを浴びることにした。丽萍《リーピン》はリズを犯すつもりだったが、体力と老練さで勝つことができず、またもやリズに身体を弄ばれた。

　リズはいつしか、海外駐在の解放感からか、漏らしてはいけないドルリッジ社や香港トラベルの機密情報を意識することなく漏らしていった。ジェフとの行為についても、詳しく聞かされた。ベン、ジェフ、リズと虜にしながら、会社中枢への進出を虎視眈々と狙っていた。慌てず、急がず、権威権力の牙城に、家柄も学歴もない不穏な闘いは、身体一つで油断なく全てを投げ出して屈辱にまみれながらも、確実に進めてきた。


　タクシーに乗り込んで、香港駅でキャセイパシフィック航空羽田行きにチェックインし荷物を預けた。地下のホームでチケットを購入し、待っていた列車に飛び乗った。空港のキャセイラウンジの化粧室に入って、ベンの残香が付いた下着を脱ぎ捨てて着替えた。ついでに、水のペットボトルを二本手に入れた。ボーディング時間を過ぎたゲートに急いだ。ランクアップされて変更されたビジネスクラスに着席し、ペットボトルを一本飲み干し、熟睡した。上空で朝食代わりの機内食を食べて、再度熟睡した。隣にいたサラリーマン風の日本人は、キャリアっぽい可愛い中国人女性が膝下まで有りそうなワンピースが弾けて、ピンヒールを履いた足先から小さな尻まで露わになった状態でずり落ちそうに爆睡している様子を近づかないように注意しながら眺めていた。

羽田空港*のバゲッジクリークで、化粧室に入った。ベンの残汁に汚れた下着を捨てた。便器に温水シャワー洗浄機が付いていたので、気持ちよく綺麗にすることができた。替えの下着は預けたスーツケースにしかないので、下着は着けなかった。

ジェフは、基本的に機内持ち込み以外の荷物は持たない。遅れを取り返そうと入国審査を走るように通過した。ジェフは、国際線の到着口で、半時程待っていた。丽萍《リーピン》の姿が見えたので近づいてきた。

ジェフに軽く会釈をして、カーレンタルの受付に急いだ。レンタカー会社の担当者は、大きな車を借りようとしている丽萍《リーピン》に声を掛けた。

「三泊四日ですね。何人で乗られますか。どこまで行かれますか」

「二人で、草津温泉まで行きます」

「草津は既に雪が積もっているので、スタッドレスタイヤが必要です」

「じゃ、変更して下さい」

「草津では、車で移動することもありますか」

「はい。仕事でホテルや観光地を移動する予定です」

「草津温泉の市街地や観光地は、観光客も多く、道も狭いので、大きな車はとても不便です。外国人だと困った状態になった時に、対応に時間が掛かることが多いと思います。小型で機能性のある車をお勧めします」

「小さな車は力がないので、山道では使いたくありません」

「日本の小型車は性能もよく、一般的な山道が登れないようなことはありません。費用も半分以下でガソリンの燃費も数倍違いますよ」

今までの経験で親切な日本人の営業マンの推奨を信じ、提案通りの車に変更した。「軽四」と言われる小さな車で五ドアだった。後部座席は両サイド、スライドドアで運転席から操作ができた。天井が高く乗り降りもスムーズにでき、確かに機能的で見晴らしもよく小回りも利いて快適だった。乗車前に、スーツケースから二人分の外套を出して、後ろの席に置いた。しかし、一番驚き信じられなかったのは、顧客の満足の為なら会社の売上が半分以下になっても真摯に提案する営業マンの姿勢と、それを会社が許していることだ。社会の仕組みが違うことに改めてショックを受けたがさすがに、車を見て少し驚いた。その様子を眺めていた営業マンは、草津温泉までの道程で自社の営業所が沢山あるので、もし問題があったら電話してほしいと連絡先が書かれたパンフレットを置いた。その時は電話された場所までご希望の車を弊社担当者が持って行き、追加料金等は一切必要ないと約束したしパンフレットにも書かれていた。ジェフを助手席に乗せて、ナビを設定して草津温泉に向けて出発した。一時間以上かけて高速道路を降りて一般道に入った。初めて自ら運転して日本の山間部に入った。しかも初めての小型車で、二人とも興味津々で面白がった。走っていると至るところにある「道の駅」に興味を持って、何回か寄りながら、草津温泉までの小旅行を楽しんだ。小さな車なので運転席はベンチシートのような形態で、ジェフとの間隔も近かった。二時間も経つと、ジェフも緊張感がなくなってきて右手を左太腿に乗せてきた。初めはワンピースの上から掌で触っていたが、暫くするとスカートを捲り上げてスリットから中に入り込んで生足を触りだした。膝の方から太腿の上部へ、内腿へと大胆になってきた。慣れない雪の山道の運転に集中していたのでジェフの中指が局の入り口にあって、運転で動く度に潜り込んで濡れて入ってきたことに驚いた。下着を着けていなかったことを思い出して、道路横の駐車スペースに車を止めた。右側のジェフを見たが唇を奪われた。

草津温泉の老舗旅館の玄関で外套を被せてジェフを降ろして、駐車場に車を止めた。外套で姿を隠すようにして、散らかっているティッシュを集めて車を綺麗に清掃した。途中で買ったお土産やゴミを持って部屋に入ると担当の仲居から、身体を温める為に大きな温泉に入ることを勧められた。その間に部屋に食事を準備するとのことだったので、浴衣に着替えて温泉に向かった。香港で買ったばかりのワンピースが汚れたことが残念だった。大きな風呂では他の利用者に裸を見られているようで少し恥ずかしかったが、隅々まで身体をしっかりと洗った。暫くして慣れてくると子供からお年寄りまでいる中で、周りを気にしているのが自分だけだと分かり、何となく心が落ち着きゆっくりと浸かることができたので芯から温まった。部屋に戻ると仲居が部屋の前で待っていた。

「お連れさんが戻ってこられましたよ」と言いながら、

後ろから一緒に部屋に入って来た。部屋の電話を使って何か伝えて、

「食事をされますか」と聞いて、お櫃を開いた。

ジェフは日本人のように、温泉後のビールを飲んでいた。丽萍《リーピン》も、ジェフの飲み残しのビールを一口飲んだ。温泉の後の冷たいビールは格別だ。日本人になった気分だった。直ぐに部屋鈴が鳴り、温かい料理が届けられた。仲居が拙い英語で料理の説明をした。お酌をしたり食べ方の説明をしたり、部屋に留まっていた。一通り食べ終わると、食事を片付けるか置いていくか確認された。今から少し飲むので置いていくようにお願いした。仲居は食べ終わった食器を手際よく片付けて、襖の奥が寝室になっていることや部屋湯の一通

りの注意事項を説明した。ジェフは赤ワインと梅酒のボトルを持って来るように注文した。

仲居が「ごゆっくりお過ごし下さい。何かあったら遠慮なく電話を下さい」と言って外から部屋をロックして、出て行った。

部屋湯を観ようと立ち上がるとジェフも立ち上がって、後ろから腰に手を廻してきた。振り向くと上から唇を吸われた。喉の奥から唸るような声が出た時に部屋鈴が鳴った。ジェフの姿を確認し、部屋湯に退避した。ジェフは、入り口でボトルを受け取り、テーブルに置いて、露天風呂になっている部屋湯に入ってきた。落ち着いた他愛もない会話が続けられた。部屋でジェフが赤ワインを飲みだし、会話に飽きると寝室で被さって寝た。鼾を掻いているジェフを顧みることなく、ジェフに布団を掛けて、隣の布団に潜り込んだ。朦朧とした中で記憶が混沌としているうちに、深い眠りに落ちて行った。

部屋鈴が鳴って、「朝食の用意ができましたがいかがですか」と声が聞こえた。

浴衣をまとって、蹌踉《よろ》けながら、入り口に行き、上気した声で、

「どうぞ」と答えた。仲居が部屋に入って来たので、寝室に戻って、襖を閉めた。

仲居は手際よく、夕食の片付けと朝食の用意をして、

「朝食の用意ができましたので、ごゆっくり召し上がって下さい」とにやけた声で言い残

して、出て行った。

提携レストランでの夕食後に、部屋に戻って着替えてから旅館の前の「湯畑」を散歩した。浴衣の上に外套を羽織って、外に出た。時間も遅く、厳しい寒さで人通りも疎らだった。降り積もる雪の中を、湯畑の「ザァーザァー」という音だけが響いていた。真っ白な雪と薄緑の温泉湯が、幻想的で綺麗だった。木枠にもたれて眺めているジェフの外套の中に入って、快感を楽しんだ。足元は冷気で凍えそうだが、包まれた身体は温かく不思議な快楽を味わって、部屋に戻った。部屋湯は、直ぐに冷え込んだ身体を温めることができた。温泉の中で、ジェフの身体も綺麗に拭いた。別々に布団に潜り込んだ。後ろから房と尻を掴まれたが、眠った。陽が昇れば、また彼の時間になる。

金曜日の朝九時に草津温泉街を出て、羽田空港でジェフを見送って、rom萍《リーピン》は、虹橋空港の経由便で夕刻に大連に戻った。空港には、運転手が迎えに来ていた。彼女に土産を渡して、吹雪の中、三十分程で帰宅した。日本海で水蒸気を吸い上げた偏西風は、日本で大量の雪を降らすが、大連では、空っ風で寒風だけが吹き抜ける。業務報告は、終了後、翌営業日中に提出が決められているので、報告書を今日中に日本担当者に提出する必要がある。視察ルートでは、首都圏郊外の茨城空港を使うことになっているので、調査報告書の作成に苦労した。トピックとして日本の車事情も追記した。日付が替わる頃に書き上げて、送信した。月曜朝には、香港トラベルに報告してくれるだろう。

遼寧省の観光局長から、内密で報告書が届いていた。鞍山市の五人の身辺調査を依頼していた。三人は二十年以上前の鞍山市の地方政府幹部、二名は二十年以上前に鞍山市鼓舞鎮で教師をしていた。


浦西《プーシー》淮海路のプラタナスの並木道を、手を繋いで歩いていると、リズが急に昔の話をはじめた。

「二十五年前に私は、結婚したかった。でも、ジェフは最後に私を裏切った」顔に怒りが、沸き起っていた。

「彼は、お腹が大きくなってから、私に見向きもしなくなったの。妊娠が分かった時は、『結婚を考えている』と彼は言ったわ。でも、二人で話して『離婚して間もないのに直ぐに結婚もできないし、安定期になるまでは、暫く離れていよう』と、ロンドンに帰っていたの。大きくなったお腹を見せようと彼の屋敷に行った時には、彼の態度は一変していたわ。たぶん彼は、私より少し若い小柄のインド人に夢中だった」

決めつけるように言い放って、星の見えることのない、いつもの曇り空を眺めた。

ジェフはシャワーを浴びて、約束の時間に少し遅れてカートに赤ワインのボトルとグラスを乗せて、リラックスした姿で現れた。リンチもシャワーを浴びて、無防備に寝間着で迎えていた。部屋にはソファーが一脚しかないので、ジェフはソファーに、リンチは、ベッドの縁に座った。話は広く浅く、また、要点では鋭く深く楽しい雰囲気で進んだ。一時間程して、ジェフがリンチのグラスが空いているのを見て、少し残っているワインボトルを持って立ち上がり、彼女のグラスにワインを注ぐとそのまま、トランジスターグラマーの横に座った。


「私は、ロンドンのアパートで、一人になっても子供を育てるつもりだった」

そう言って、リズは話を続けた。

「でもジェフが養育費とベビーシッターを用意して、娘を取り上げてしまったの。三歳になったら、貴族の子供たちが利用する幼児用の寄宿舎に入れ、十二歳の時には米国の富裕層が利用する女子高の寮に入れたのよ。

ジェフは、私を手元に置いてドルリッジ社で働かせ、いずれは後妻にでもと考えたのかもね。だから、私も娘がロンドンにいる間は毎月ジェフの屋敷に行って、望んで抱かれたわ。娘に会いたかったし、寂しかったから。

その頃、ジェフが急に旅行社を立ち上げようと動き出したの。旅行事業には、前から興味を持っていて、私も視察に何回も同行したわ。でもドルリッジ社の社長の話も聞かずに『アジアを拠点にする』とジェフが言い出したから、ドルリッジ社の幹部は慌てたの。

デリーや中国の海口、クアラルンプール、イスタンブール、ホーチミン、コロンボ、セブと、いろいろと候補地はあったけど、最後にはジェフも折れて、英国領の香港島に香港トラベルを立ち上げたの。香港に決めたのは、当時の英国では、香港島と九龍の南部は中国に返還されないと思われていたからよ。

そしてドルリッジ社は、私をジェフの目付け役にして、香港トラベルに送り込んだというわけ。彼らは、私がジェフと切れていると思っていたし、私とジェフも、傍からは、険悪な関係に見えるようにしていたから」

ケロッと種明かしをするリズの表情からは、娘を手元で育てられなかった悔しさと寂しさが、未だに消えていないように見えた。

セブ島のプライベートビーチのパラソルの下で、昨日、見つけたビキニ姿の小麦色の少女をガーデンソファーに乗せて、ワインを飲みながら眺めていた。彼女は見られていることに気が付いて、ブラを外し尖った房を揺らしながら、まるでジェフを椅子と間違えているかのように括れた腰を突き出して上に座った。

　リンチが手元を離れてから、ジェフは変わっていった。若いアジア系の窮乏子女を援助する名目で住居と資金を提供した。二十歳程の大学生を中心に、住居の提供は一年程でインド人、比国人、マレー人、トルコ人、韓国人と入れ替えて、斡旋業者によって秘密裏に続けられた。彼女達は、大学や院の卒業時に大企業へ生活資金を付けて就職を斡旋された。しかし、実態は、ジェフの性の欲求を満たす為に、身体を弄ばれていた。ただ、リンチの時と違って、交わりは、月に一、二回程度で気に入った子の場合でも週に一回程、長い子で三年程続けられた。中には初めての者もいたが、丽萍《リーピン》に出会うまで、ジェフが満たされることは無かった。視察の為の観光ツアーには、お気に入りの者を帯同させた。丽萍《リーピン》の引き抜きを画策している時も、手足の長い、トルコ人の美人が付き添っており、丽萍《リーピン》もジェフより、スレンダーな美人に記憶があった。

　上海新錦江大酒店《シャンハイジンジャオタワー》で、夕食を取りながら、

「ジェフは興味本位に関係を保っているだけだから、あなたとも急に終わりが来るかもしれないので、傷ついたら駄目よ」と忠告された。

「仕事に情を持ち込むことのない人なので、仕事には影響は出ないと思う。彼は、どういう訳か、背の低いアジア人女性に興味を示すの。昔は、インド人や比国人の愛人を作っていたけど、最近は、特にそのようなことも無かったのに、あなたと会って昔の悪い癖が戻ったようだわ」

言ってから口に手を当てて、言ってはいけないことを言ってしまったと少し慌てていた。

リズは雨萍《リーピン》に毎週大連に帰らずに、月に一度は上海に留まるように懇願した。毎月、大連と同じように、上海でも共にいることを希望していた。ロンドンにいた頃は、リズの急な希望でもジェフが受け入れることが多かった。しかし、上海では、雨萍《リーピン》と月に一度、ジェフと三月《みつき》に一度の交わり以外、我慢を強いられていた。歳と共に性欲が強くなっていく自身を制御することが難しくなった。

日曜日の夕方、真っ赤な高級車に飛び乗り、大連の自宅から家政婦を伴って、上海へ出社する。星海公園を抜け渤海大橋を時速百五十㎞で走り抜け、山東省烟台市に一気に渡る。そして青島市の五四広場から高速クルーザで翌日の昼前に十六舗のプライベートバースに到着、真っ赤な高級日本車で、金茂大厦に横付けし、八十七階のスカイラウンジでの昼食を兼ねた幹部会に臨む。渤海大橋を渡った伊国車は、五四広場からインドネシア人の家政婦が大連まで運転して帰ると、車体が真っ黒になっており、自宅に洗車場を作って清掃していた。クルーザの船員や停泊場は、香港トラベルで客船を運航している船舶管理会社に依頼した。自分の影響力が大きくなり、希望が叶っていく快感と同時に、驕り高ぶる心を抑え込んでいくことも必要となった。

この爽快感を掴む為に、短い青春時代に忍辱《にんにく》の衣を被って生きてきた訳ではない。時間は掛かったが、ここまで昇ることができた。決して、焦らず、慌てず、奢らず、確実に一人で、誰の力も借りず着実に昇って行こう。まだまだ、これからだ。残りの階段を上り切らねば誓いは果たせない、祈りは叶わない。

大学生の頃、金茂大厦八十七階のスカイラウンジで、一度食事をしたことがあった。その時の驚愕の感動は、今でも忘れることができない。遥か天空の地で下界の人々を見下ろしながら優雅に食事をしている気分は、まさに殿上人になったようであった。その時は、窓から遠く離れた席でそわそわしながら食事を取ったので、何を食べていたのか、よく覚えていない。次は窓際の席を用意すると約束してくれた人は、今どうしているのだろう。この太陽に照らされて白く輝く雲に包まれたスカイラウンジから、雲間に上海の街を眺めることが、勝利の証しとして屈辱の人生を生きる原動力となっていた。優越感が思考を高揚させ、新たなアイデアへの架け橋となっている。しかし、優越感と高揚感が永遠の繁栄を約束するものでないことを雨萍《リーピン》は知っていた。この半年、売上上昇が頭打ちとなり、幹部達への叱責が続いた。

《小詩《シャオシ》、天国で楽しく健やかにいることを祈っています。あなたのことを忘れることができません。

離散家族、こんな言葉は聞きたくなかったね。私達が罪人のように、罰を受けながら生きていかなければならないのは、なぜなの。それは、あなたを救えなかったからだと思う。だから、救えなかった理由を見付け出して、罪滅ぼしをして取り除かないといけないね。あなたに会う時は、罪を償って、綺麗な体になってから、会いたいと願っています。

もう少しで、罪滅ぼしを行うことができそうになってきました。

小詩《シャオシ》がなぜ生きていけなかったのか、私の罪の大きさに慄いています。》

# 第四章　安穏

真上から過激な太陽光を浴びる真夏の香港での月曜日。午後二時からの香港トラベルの四半期定例幹部会は、いつもと同じように始まると思われた。開始三分前にジェフが入って来ると、三十人程の香港トラベルの幹部達は、全員起立し、彼の着席を待った。全員着席し静粛になった時に、進行役が開会を宣言した。いつもの年配の取締役兼任の総務部長の声でなく、リズが、進行を始めていた。会議室の角に座っているリズに全員が一斉に顔を向けた。ジェフと丽萍《リーピン》もその輪から外れることは無かった。

「総務部長は、昨日急に体調不良を訴え、ホテルの自室で休んでいます。その為、急遽副部長の私が議事進行を仰せつかりました。ご容赦下さい。私が参加することにまた、議事を進めることに異議のある方はおられますか」

と言ってリズは起立し、会議室を微笑みながら見渡した。昨日の朝までジェフの胸元で幸せそうな寝顔を乗せていたリズの天使のような悪魔の笑顔を、ジェフには見抜ける由も無かった。

議事が一通り終了し、ジェフが最後に総括を話す前にリズは席を立って、ジェフの前に大きめの茶封筒を置いた。皆が注目する中、ジェフは何気なく書類を取り出して読みだした。その顔色は、遠くからでも分かるくらい、赤くなってから、青く、どす黒く変化していった。

「来月中にドルリッジ社の臨時取締役会が行われるので、今後の方針等はその後に皆さんにお伝えします」

いつものような力漲《みなぎ》る声ではなく、か細い声で香港トラベルの幹部会は終了した。

二年程前の香港トラベル幹部会翌日の火曜日の朝、リズのもとにベンから電話があった。

「上海に伺うので、一緒に食事でもどうですか」ベンと社外で会ったことはなく、少し驚いたが、断る理由もなく、

「今日の夕方なら、空いているわよ」と承知した。

「今、香港なので、三時頃には虹橋空港に着けると思います」

「じゃ、虹橋に着いたら、また、連絡してね」

「家庭料理が食べたいな」と、甘えた声でお願いされた。今日の夕食を共にすることにした。

ロンドンへの帰り便は、浦東空港発なので、宿泊は浦東香格里拉大酒店《プードン》を予約した。

上海でも、英国の美味しい家庭料理が出せる店を思いつくことは無かった。手料理でイングランドの家庭料理を馳走することにした。虹橋空港に着いたと連絡があったので、夕

刻六時頃にアパートに来るように伝えた。六時前に到着し部屋に招き入れると、スーツケースを持ったままで入ってきた。アパートには、シャワー、トイレ付きのシングル用の客間がある。まだ二十代のベンと五十歳のリズなら、親子のような年齢なので、深く考えずに食事後に寛ぐ為にも泊まるように促した。ホテルをキャンセルして、ベンにシャワーを使うように促して、リズは食事の仕度を始めた。一通りの料理ができたのでリズもシャワーを浴びて薄化粧をし、寝間着ではあまりに失礼なので、丽萍《リーピン》の日本土産の浴衣を着た。

「先週の日曜日に、僕が香港空港に到着した時に、上海に帰るあなたを空港のVIPラウンジで見かけました。少し喉を潤してから声を掛けようと探しましたが、見つけることができませんでした」

「あの時は、時間が無かったので、ラウンジでビールだけ飲んで直ぐにゲートに向かったの、十分程しかいなかったわ」と、リズは説明した。

「昔から、僕のことを避けているようなので、一度ゆっくりと話がしたいと考えていました。いつもリズは若々しくて素敵ですね」と、おべんちゃらを言われた。嬉しさが顔に出ているようで恥ずかしかったので、

「あなたと社内で親しく話していると、ジェフに媚びを売っていると勘違いする人もいる

ので、避けている訳じゃないのよ」と、笑顔を振りまきながら強弁した。

「それに、あなたのように若くてハンサムな紳士と話すのも、少し恥ずかしかったのよ。あなたが、会社に入社した頃には、私は、既に小母さんだったから」

食事中は、互いに警戒して緊張感が漂った。最近、ロンドンでも食べることがなくなったイングランドの家庭料理に心が落ち着いた。寛いだ中で、アルコールも進んでいた。ベンは木曜日のフライトでロンドンに帰るので、明日も泊まりたいと言い出した。本社の役員会、香港トラベルの幹部会と四半期の主要行事が終わったし、今週は俪萍《リーピン》もいないので、リズも明日は仕事を休もうかと考えていた。承知して赤ワインのボトルを開けていた。

ベンは、リズが下着を着けていないことに気付いた。五十歳に見えないグラマラスなスレンダーボディーは魅惑的だ。二人とも既にソファーから滑り落ちて、絨毯の上で絡み合いながら飲んでいた。いつの間にか、ベンのスウェット姿の膝を枕にして、リズが寝込んでいた。浴衣は肩からずれ落ち、胸も太腿も露わな状態で、目のやり場に困ったが、彼女を抱えて、勝手知ったる隣室のキングベッドに運んで、殆ど何も隠せていないままで、リズの香りを感じながら、ブランケットを被せて枕を頭の下に突っ込んだ。ベンも部屋に戻って、ベッドに潜り込んだ。

翌朝、物音に目が覚めて、ベンが部屋を出てきた。リズが浴衣を引き摺りながら、シャワー室に向かおうとしていた。彼の姿を見て、露わな姿に慌てて、シャワー室に入った。熱めのシャワーを浴びて、髪の毛を洗っていると、シャワー室のドアが開く音がして、抱きしめられた。リズは、

「冗談はやめなさい。あなたの部屋にもシャワーあるでしょ」

無言で、身体を離さないので、これ以上言っても無駄と観念し、シャワーを止めて、何も言わずバスローブを羽織り、ベンにバスタオルを渡して腰に巻かせた。髪の毛を乾かしているとベンが、リビングのカーテンを開けた。

朝の日差しを浴びて、黄浦江《ホワンプージャン》の波間が光っていた。遠くまで見渡せる絶景に、外灘金融街のバロック風様式やルネサンス様式の古風な建物が、眩しく眼下に見えていた。いきなり振り向いて、バスタオルを落とし、バスローブを剥ぎ取られた。ベンに抵抗して下を向いていると裸体を抱えられてベッドに運ばれた。

身体を押さえ付けられて、無理に身体を開かされた。身体をくねらせて抵抗していると、

「ジェフは丽萍《リーピン》と楽しんでいるよ」

怒りが込み上げて「丽萍《リーピン》もね」と言い返した。顔を見合わせ、唇を重ねて吸い合った。

ベンは、丽萍《リーピン》を取られた腹癒せにリズに怒りをぶつけて心を癒した。リズは、今日、一日だけの若かりし頃のジェフを思い出しながら、白昼夢を楽しんでいた。翌朝、ベンが帰国の為に、部屋を出る頃には、互いの惹かれあった心に互いが戸惑っていた。

毎年恒例の誕生会の為、一週間の休暇を取って、ロンドンに帰った。恒例の誕生会で、多くの友人がいつものように集まってくれた。気分よくホテルに帰ると、ベンからの伝言で電話するようにと携帯電話の番号が書かれていた。

「明日、予定が無ければ、会わないか」との誘いだった。少し酔いが廻っていて、気分が高揚していたので、

「良いわよ」と、返事をしていた。身体の奥が疼いた。

上海で会ってから半年、連絡を取っていなかったが身体がベンを忘れさせてくれなかった。ベンに抱かれた時はジェフを思っていたが、あれから何回かジェフに抱かれたがベンが現れて心が落着かなかった。

翌朝十時前にベンが車で迎えに来た。郊外の一棟貸しの別荘を一日借りていた。自炊できるので、二人で郊外のスーパーマーケットに寄って、少し浮かれた気分で食料を購入した。大きな草原にポツンと別荘が佇んでいた。新緑の草原にテーブルがあった。部屋に

あったタペストリーを敷いて、赤ワインを飲みながら、リズの作ったサンドウィッチで昼食を取った。陽が傾くと、部屋に戻って冷たいシャワーを浴びた。脳裏にジェフは浮かばなかったが、アメリカにいる娘の顔が浮かんだ。

今、私を犯している男は、あなたの義理のお兄さんよ。ベンに突き上げられる度に、朦朧と陶酔していった。

きっと、私は、いつかこの快楽の報いを受けることになるでしょう。そして、天国には行けないわね。

翌朝、帰りの車の中では恋人のようにはにかみながら、別れの時が近づくと思うと何回も唇を重ねた。ホテルまで送ってくれたお礼に、

「お茶でも飲んで帰りなさいよ」と部屋に招き入れた。ベンのフィアンセを想って、今日を最後に、二度と抱かれないと心に誓った。しかし、現実的に誓いは果たせなかった。

赤ワインを飲みながら、

「ワインを飲んじゃぁ、今日は帰れないわね」

ベンを見ると、背徳に震えながらも唇を奪われた。罪悪感が違う次元の快楽を呼び起こした。

「明日の夜まで、時間があるので、今日も一緒に居ても良いだろう」

囁かれると有頂天になっている自分が信じられなかった。ベンは、フィアンセとのデートの約束がある明日の夕刻まで、虜となったように部屋に留まった。シャワーを浴びて疲れた身体でベッドに入り、横向きに後ろから抱きしめられて、恋人のように抱き合って寝た。目覚めた時に、ベンを起こさないようにベッドから抜け出て、ドアノブに「Don't Disturb」のカードを掛けた。熱めのシャワーを浴びて身体を拭って、いつものように習慣的に歯を磨いた。ベンがベッドで枕を背凭れにして、座ってリズを待っていた。ベンに引き寄せられて、伸ばした足の上に跨がらされ優しく押し込まれた。

「今晩、彼女に正式なプロポーズをするので、リズの意見を聞きたかった」と話し出した。

「彼女は、会社での僕の将来を心配している。『あなたが、ドルリッジ社で確実な地位を築ける約束がほしい』と、我儘にせがまれている。彼女の親とジェフは友人で、娘の将来が心配で僕の今後を聞いても、ジェフからは、『それは、彼の努力次第だ』とはぐらかされるので心許ないようだ。彼女は、プロポーズを受けてくれるとは思うが、これから、僕がドルリッジ社で地位を築いていけるように協力してほしい」

伸ばした足の上に跨がり、優しく押し込まれて逃げられないように下から釘付けにしていた。

「そして、あなたが嫌でなければ、この関係を今後とも続けてほしい」リズに懇願した。リズは目の前の唇に吸い付いて、力強く抱きしめられながら昇り詰めていった。ベンへの気持ちの変化に脅えながら、ジェフとの関係と人生の清算を考えだした。

ロンドンでの、誕生会後の予定もなくなり、人と会いたくなかったので二日早く一日以上掛かって上海に帰って来た。アパートでバスタブに湯をためて、身体を温めてから旅の疲れを取ってベッドに入った。疲れで寝つけない時は、バスタブに四十度弱のお湯をためて二十分程浸かってから寝ると熟睡できると丽萍《リーピン》に教えられていた。しかし、今日はその効果が無かったようだ。

ベンの話を思い出していた。

「結婚しても、たまに会ってほしい。丽萍《リーピン》も手放したくない。将来の相談に乗ってほしい」

と、我儘な欲求だった。それでも、身体が疼いて眠れなかったが、「ベン、ベン」と叫びながら、堕落した背徳の快楽を味わって、眠りに就いた。

初夏の上海は、一年で一番気持ちの良い季節だった。プラタナスの濃緑と黄土色の黄浦江《ホワンプージャン》を行き来する観光船を窓辺に眺めながら、人生を振り返った。ジェフに振り回された三十年を思い返し、青春を取り戻すことができないことに気が付いた。何もしてあげられなかった娘に、残りの生涯を懸けて報いることが唯一残された選択肢のように思えた。リズの手元には、長年蓄えてきた調査会社からの報告書が山のように積まれている。ロンドン郊外の実家の近くの掛かり付け医院で、一人で出産し、一月《ひとつき》後に子供を取り上げられたことを思い出した。この期におよんでも悔しさに涙が止まらなかった。娘にはこれ以上愚かな母親の姿を見られたくない。その為には今までの生活との決別が必要だ。私の生涯を娘の為に使って貰おうと心に決めた。

地獄にいることに気が付かずに、天国にいるように振る舞っていることに漸く気が付いた。今後の身の振り方を緻密に考えることと、ジェフの事業家としての成功を終わらせることになるが、それも必要に思えた。その考えを基に計画的に行動することにした。実行は二月《ふたつき》後の真夏の香港トラベル幹部会。

ドルリッジ社は、ジェフを含めて五人の共同経営者がいる。ジェフは、二割の株を保有し、持ち株比率三位の位置付けだ。香港トラベルは、持株五割強をドルリッジ社が所有し、二割弱をジェフが個人所有していた。東方トラベルの全株を香港トラベルが持っている為、完全子会社となっている。

ジェフは身の引き方を考えることになった。今回、特に楽しみにしていた幹部会後の麗萍《リーピン》との青森への避暑地視察は直ぐに中止とした。リズとは、幹部会の議題と課題の調整をいつものように行っていた。そして、日曜日の昼まで一緒にいて、上海に帰っていると思っていた。その為、リズが今日の会議に参加したことに多少なりとも驚きがあった。

ベンは、いつものようにロンドンを土曜日の昼に出て、日曜日の午後に香港に着いていた。しかし、麗萍《リーピン》に会うことなく、その日の午前中までジェフと一緒にいたリズと月曜日の昼まで過ごした。リズから、月曜日の昼便でロンドンに帰ってジェフからの連絡を待つように厳命された。

「ジェフは数日中に必ずあなたの将来にかかわることについて連絡をしてくるはずよ。あなたは、何も知らなかったことを装って、真摯に誠実に彼の話を聞くように」怒ったように厳しく何回も繰り返した。

「これから暫くは、私はあなたに会えない。私が連絡するまで、あなたも私に連絡しないこと。良い婚約者としてフィアンセに尽くす振る舞いを忘れずに行動すること」を付け加えた。

ジェフは、帰国後ドルリッジ社の社長に事の真相を話し辞表を提出した。会社への貢献は、共同経営者の中でも群を抜いていた。確かに反社会的と思われる身勝手な行動は責めを負うことが必要だが、突き放すことはできなかった。ジェフは、基本的に個人の問題だという説明に終始し会社に迷惑を掛けないと言質を提示した。そして自身の持株比率を利用して翌月の臨時株主総会の開催を要請した。善後策を検討するうえで、四人の共同経営者に持ち株の各一％を無償提供し残りの十六％と香港トラベルの持ち株をベンに譲りたいと懇願し了承された。リズには、ロンドン郊外の屋敷や車、家具等の全ての付属品と現金を支払うことにした。今後は、ロンドンを引き払って故郷のカーディフ*に引き籠もることにした。家政婦や執事は、そのままカーディフに来てくれた。併せて、ジェフとの情事が露わとなった丽萍《リーピン》も香港トラベルと東方トラベルの副社長を辞任させることが決定された。この状況では、現職を維持することはできないと判断された。ただし、退職金も用意することで自主退職扱いとされた。

ジェフの後任人事は混乱を極め、暫定的にドルリッジ社の社長が兼任することで収束を図った。香港トラベルも東方トラベルも混乱の中でも業務を粛々と進めていった。特に中国の東方トラベルは、多くの幹部が同業他社への転職活動を始めていた。人狩り場と化した東方トラベルは、旅行業の同業者の中で一時的に有名となっていた。幹部達は、自身を高く評価されるように担当部署の業績アップに奔走した。業績が落ちることなく崩壊への道を進むことになった。丽萍《リーピン》の後任には混乱を避ける為、リズを推薦したが固辞された。仕方なく別途、調整することになった。後日、リズはジェフの辞任と丽萍《リーピン》の退職を確認し、その翌月に辞表を提出し二月《ふたつき》後に退職した。リズは帰国後、ジェフから譲渡されたロンドン郊外の屋敷に住み、後に子供を米国から呼び戻し、同居して過ごした。数年後、結婚した娘とその子供たちを見守りながら、イングリッシュガーデンの手入れを本職のようにしながら心豊かな生活を送ることができた。ドルリッジ社は、半年後、新しい香港トラベルの社長の下で旅行事業の縮小に着手した。旅客船を中古船市場に放出し、幹部を一新した東方トラベルも地方組織を一挙に閉鎖、中国西海岸沿いの主要都市だけに業務を集中し合理化を図った。

雨萍《リーピン》は、突然の解雇に戸惑ったが、冷静に状況を判断する為に中国を離れることにした。伝手を利用して日本の旅行社に雇用され、顧問として担当の仕事もなく日本で暫く住むことにした。東方トラベルの将来は、見通しにくくなっていたが事業としての危機回避には自信があった。現状を維持しながら、数年で、韓国、泰国、越国と新たな展開を考えていた矢先の本社からの自主退職の要請にとても驚いた。

どこか、気が付かないところでへまをしたことは、間違いないだろう。そのへまをジェフやリズが、サポートできなかったのも、計算違いだった。それどころか、ジェフが事業から身を引いたことも、唐突で驚いた。幹部会のあった週末にジェフに電話で確認した

が、ジェフは、

「私は、私の長年の行状が世間に流布される前に会社の為に退任することにした。今回の醜態の一部に、あなたとの関係が社長に気づかれてしまったことも、一つの要因として存在する。社長は、会社を守る為に、私に纏《まつ》わることは、その責任の範疇で行ったので、『会社や他の役員は関与しなかった』としたから、あなたの辞職を回避することができなかった。しかし、中国国内法に沿って、退職に必要な解雇の為の賠償金も退職金として十分用意している」と辞職を受け容れるよう丽萍《リーピン》に懇願した。最後に

「君との時間は、私にとって、とても楽しいひと時だった。もう会うことは叶わないが、元気で過ごしてほしい」

と言って電話を切られた。ジェフの行状とは何か確認したかったが、理由について語れることは無かった。詳細を知りたがったが、ジェフの脇の甘さが破滅を招いたように見えるが、ベンやリズの処遇を見ると、何らかの全ての責任をジェフと共に押し付けられたようにも見えた。

ベンとは連絡が取れなかった。リズには、仕事以外の会話は全て拒絶された。人生を懸けたつもりでいた一つの闘いは、呆気なく終わった。この敗戦に近い終戦でも、心の底で燃え立つ復讐の炎を消すことはできなかった。丽萍《リーピン》には、少しの財産と沢山の人脈がで

きた。これを糧に、新たな闘いの場を創らなければならないと心の底で悪魔が微笑んだ。

雨萍《リーピン》は、直ぐに有らぬ噂が出回る前に身の回りのものを整理した。車やクルーザ、大連・上海の高級家具等の差し当たりお金になりそうなものを売り払った。また、上海と大連を引き払い、広東省深圳市の郊外に中古の広大な庭園付き住居を購入し、新たな生活拠点を構築することにした。新居の改装と管理は、大連で忠実な僕だったインドネシア人が当たった。

日本の観光地で復讐の計画を再構築し、暫く温泉にでも浸かりながら、英気を養うことにした。上海に流れ込む長江に身を委ねるように、大連から、上海に渡って、十数年が経っていた。誰の力も借りず一人の力で、昇り詰めようと考えていたが、結局は力ある人を利用して昇っていた。ここ数年は、利用できる人をうまく操ることに苦心した。うまくいっているように思っていたが、現実には下手したことになる。その利用された人達の目論見が狂えば、容赦なくその報いを受けることになる。理不尽は自身がその淵源を作っていることに気づく前に、まるで全てが無かったかのように襲い掛かることができる。不惑の四十歳を超え、大河や大樹に委ねることなく、自身の力でもう一度復讐への道を構築する為に新たな可能性を切り開いていくことにしようと、心を固めていった。

日本に引き籠もって二月《ふたつき》後、思いがけずリズから手紙が届けられた。今回の騒動の顛末と彼女の心の動きと近況が書かれていた。最後に巻き込んでしまったことの謝罪と再会を願う言葉で結ばれていた。

親愛なる麗萍《リーピン》へ

あなたとの時間は、公私共、楽しく充実した時でした。しかし、私は、中国には馴染まなかったようです。生まれながらの生活様式がいつの間にか私の生活のリズムとなり、思想となっているようです。

中国の人達は、自然からの恵み以上のものを常に要求し、我儘に搾取しているように見えます。地球の何億年という営みにより、中国の大地は、人々にとって豊かさに恵まれていたにもかかわらず、ほんの数十年でその恵みを使い切り、戻ることのできない状況まで追いやったように思います。大地は疲弊し、砂漠のように何の蓄えもなくなって人工肥料と大量の農薬で、かろうじて食べられる野菜や果物を実らせています。そして、要求は更に大きくなっているように見えます。その悪癖は、範囲が広く隙間なく進んでいます。大量の養豚達は大地に生息できなくなった草原で生きていくことができないので、せっかく作ったのに食べきれない大量の人間達の残飯により胃袋を満たしています。そう、人工肥料と農薬まみれの残飯を食べさせられています。牛や鶏も同様でしょう。牛乳や乳児用ミルクも正しいものなのか、安心できません。更に未開の地を開拓し、人間には有害な新たなバクテリア、ウイルスの発生と環境破壊を招くことになりました。その影響は、いつか、地球規模で人間社会の生活を破壊する程になっていくでしょう。この状況は農業だけでなく、工業品や情報分野まで広がってしまいました。私はこれ以上、自然による循環環境の破壊による人類の滅亡の始まりを見る事に耐えられなくなってきました。故郷に帰ります。何もしてあげられなかった子供の為に、私の子孫たちと過ごしたいと念願しています。

リズが香港トラベルの幹部会でジェフに渡した書類のコピーが添付されていた。一枚のレターと二枚の写真だった。レターの内容は、

① 来月末までに、ドルリッジ社の役員を辞任すること。併せて、関係会社の役員、役職も辞任すること。

② Elizabeth Smith に、三十年間の虐げられた人生に対して誠意ある慰謝料を支払うこと。

③ 上記二点が履行されない場合は、正式な公正証書を作成し、併せて過去の許される

ことのない女性関係について、公表する。猶予期間は、本日より三月間《みつき》とする。

その下には、関係した女性の名前と当時の年齢、国籍、関係していた時期が一覧で記載されていた。

④　①②を履行することによって、この内容は、永久に社会から、伏せることができる。

写真は、リンチの夫と二人の子供が写っている現在の家族写真と湯布院での露わな丽萍《リーピン》との仲睦まじいものだった。公表されても法を犯している可能性は微妙だが、社会的な制裁や会社のイメージダウンは避けられないのは明白だった。ジェフには、多くの利害関係者のことと、今まで築いた地位や名誉、権威を思うと、要求に応じる以外に、切り抜ける方法は無かった。

あなたを巻き込むつもりは無かった。でも、ジェフの悪癖が、未だに続いていることを示す為に、あなたとのことを見せない訳にはいかなかった。本当に申し訳なく思っています。あなたが、全てを懸けて幼少期からの貧困社会から抜け出そうと努力している姿を近くで見ていながら、最後にこのようなことになって、申し訳ないと感じています。決して、あなたに恨みはありません。愛しています。でも、ジェフとの禍根を断ち切る為にあなたとベンからも逃れる必要を感じていました。

あなたが、ベンから愛されていることを知りながらジェフに乗り換えたように、いつの間にか、私はベンを愛するようになりました。あなたは知らなかったと思いますが、私はベンと背徳の関係をもう数年続けています。娘の義兄との関係は、私の心を傷つけ壊していきました。ベンが未だにあなたを想っていることも知っていましたが、彼の将来を考えると、あなたとの関係を続けることは良いことではありません。私との関係を続けることは、更に良い方向ではありません。

丽萍《リーピン》、私の我儘だけど理解してね。もし、あなたが何かで私の力を必要とすることがあったら、必ず呼んで下さい。あなたがどこに居ようとどんな状態であっても、私はあなたの為に尽くすでしょう。

さようなら　丽萍《リーピン》

家族が崩壊し、愛する妹に死なれている丽萍《リーピン》には、結局何も失うことの無かったように思えるリズの心の痛みは理解できなかった。リズがベンとそのような関係になっていることも、驚いたし気が付かなかった。リズもベンも、そのような素振りを丽萍《リーピン》の前で見せることは無かった。中国人の自分には、見えなかったのかもしれない。五十歳を超えているリズが、女性としての意識をなくすことなく生きていけるのも、中国人の私には理解できなかった。リズがロンドンに帰ったのも、ベンとの関係を続けることができると考えていると思えてならない。五十歳の女性、中国では定年退職の歳だった。しかし、中国もそのような時代に突入しているのかもしれない。四十歳を超えた自分自身の生き方も考えていかねばならないだろう。

李鴻章《リーホンチャン》は、清朝建国時から蓄えられ隠されてきた財宝を老仏爺《ラオフオイエ》（西太后《シータイホウ》）の清国の傀儡《かいらい》集団から守る為に、中南海*に大規模な工事を行って、地下に埋め、その形跡を消す為に太液池《タイエチ》*を拡張し入口を池の中に沈めた。袁世凱《ユエンシーカイ》は、北洋軍閥の副総師として詳細を李鴻章《リーホンチャン》総師より聞いていた。そして、在処《ありか》を確認した後李鴻章《リーホンチャン》を裏切って、北京から、香港島の爛泥湾村《ランナイワンスン》に財宝を秘密裏に移した。袁世凱《ユエンシーカイ》はその資産を秘密裏に移動する為に、李鴻章《リーホンチャン》の名前を利用して、清国中枢の愛新覚羅《アイシンギョロ》の親族達を使った。騙されたことに気が付いた満州貴族達は香港に移り、金塊、龍の玉飾等、財宝を爛泥湾村《ランナイワンスン》から蒲台島《ポタイトウ》*に移し、満僑を組織し袁世凱《ユエンシーカイ》の影響を排除する為に地下に潜った。

満僑の人達は阿片戦争を潜り抜け、辛亥革命にも逃げ延び九十九年の英国統治にも表に出ることなく、深く強く、宝を守り抜き、近代的な運用により一部を資金洗浄に成功し、香港政府の国家予算並みの潤沢な資金を守っていた。香港返還前、満僑ではその資金を中国政府から逃す為に、大量に通過・乗り換えされる香港のコンテナ貨物に紛れ込ませて、現物を秘密裏にシンガポールに移し更に安全上の理由で香港返還のどさくさに紛れて三分割して豪州と加国に移し分割管理することにした。現在、満僑の人達が資金を利用する時は仮想通貨を利用していた。また、家長や会社、勤務先だけを香港に残しながら行政の目をかい潜って、殆どの家族を米国や加国、豪州、シンガポールに国籍を変更し移住させていた。

中国は、2012年に新たな主席が誕生する。2012年に退任する胡錦涛《フーチンタオ》は、鄧小平《デンシャオピン》が指名した最後の最高指導者だった。中国共産党創世記の長老政治の指名を受けない主席が登場する。中国共産党は、米国や欧州諸国、日本、ロシアに脅えながら、中国国民を飢えることなく、生き延びることに苦心していた。十億人近くの貧困人民を、国をあげて守らなければならない。人類が、行ったことがない大事業を間違いなく進めることが胡錦涛《フーチンタオ》時代までの中国共産党幹部が背負わされた呪縛だった。彼らはやりきることができるだろう。その後の主席は、何を目標に中国十三億人民を導いていくのだろう。米国を追いかけたソ連邦は崩壊し、いつ終わるとも分からない貧困の生活が続いている。一億人のロシア人はソ連邦時代の繁栄や栄耀栄華を懐かしむ余裕さえなくなったかのように見える。政治的に独裁を認めている社会では民主的に独裁者を制止することができず、いつ終わるとも分からず多くの人々の死を賭してもたらされた薄利を搾取し、生き延びていくのだろう。

周熙来《チョウシーライ》は、推薦入学制度を経て、国家重点大学の中清大学化学工程部に無試験で縁故入学したことを、過去に両親に打ち明けられて困惑した。しかし、その過去を知る人達も、今では全員が亡くなっていた。周熙来《チョウシーライ》は過去の長老政治家達から抜け出す為に、自身が毛沢東《マオツォートン》の後継者として、新しい中国を構築する意欲を持つようになっていた。

軽井沢の別荘地で、丽萍《リーピン》が、テラスで寛いでいると、谷間を白い雲が通り過ぎる。

「看、那是一朵美丽的白云（あれを見て、綺麗な白い雲ね）」

と執事に中国語で語るその瞳には、テーブルに置かれて白い雲が映り込んでいる飲料水に満たされた江戸切子グラスが写り込んでいた。そして、虚ろな瞳に何かを思い浮かべているようだった。

日本の水道水は、そのまま飲める世界でも稀な存在だ。丽萍《リーピン》が幼い頃の遼寧省鞍山市では、小川の水や引かれたばかりの水道の水を直接飲んでいた。ウォーターサーバのようなものも当然なかったし、ましてやペットボトルで飲料水が売られていること自体なかった。今では、中国や香港のどの家庭にも、職場にも、必ずお決まりのウォーターサーバが設置され、多くの労働者が水を担いで、階段を上り、自転車で台車を曳いて、水を運んでいた。しかし、その水は本当に、清潔で、無害な飲料水なのだろうか。多くの地域で偽物が、出回っている。多くの人々が、人間にとって信用できる健康的な水を欲していた。

世界の一％の人達が、資産の四十％程度を独占している。中国や露国のような国では、更に独占率が高いように思われる。丽萍《リーピン》は、日本での閉塞期間を利用して、一週間程度の香港観光に何回か行った。これからの可能性を確認する為にも、より大きな力を得ることが必要だと思った。幸い、本社や香港トラベルの酷評は既に収束し、世間からの興味の対象の外となったようなので、滞在中に咎められることもなかった。学生時代に行けなかったマカオにも行ってみたかった。何回も香港に来ているのにマカオに行ったことはなかった。巨大なカジノビルやマカオタワーと、教会巡りの観光ツアーに潜り込んで楽しんだ。

香港に馴染むことに苦労することはなかった。銅鑼湾《コーズウェイベイ》の日系百貨店は連日の大盛況で、丽萍《リーピン》にとっては、ちょうど良い隠れ蓑となった。懐かしい、故郷のツングース語を話す上流社会の婦人を、見つけるのに苦労はなかった。彼女たちは、無防備な習慣を変える事件に生まれてから遭遇したことがなかったから、自分たちの言葉を理解する招かざる客が近くにいようとは、決して思いつくこともなかった。

マレー半島では、毎日夕刻四時頃に決まってスコールのような豪雨がある。昼間の埃っぽい酷暑は、毎日大量の雨水で綺麗に洗い流され、一掃され、爽やかな過ごしやすい夕刻の街を提供する。人々は、暑さから解放され、街に繰り出し、夕食を外で味わうことができる。マレー半島の南東の端にあるシンガポールには、水を貯める場所はない。１９６３年にマレーシアから、仲間外れにされ独立してから、全ての上水をマレーシアから安価に購入している。命の水を全てマレーシアから輸入している状態を維持する為、シンガポールは、稼いだ金でマレーシアに上水工場を建設し、マレーシアに住んでいる、マレー人、中国人、インド人の雇用を確保している。シンガポール政府は、大型のパイプラインを引いて、上水を飲料水として利用する施設を建設、また、上水輸入を守る為に、マレーシアの工場で使う商材を低価格で輸出し、製造された製品をシンガポールの企業が高価格で輸入し、政府は低関税で応え、世界へ販売されている。

広東省委書記になった周熙来《チョウシーライ》は、中央進出を狙っていた。国際都市香港の資金力を活用する為に広東省深圳市に大規模な開発区の構築を計画した。大量の国策企業を誘致し大工業地帯の建設を始めた。香港港には、世界からあらゆる商材が集まってくる。その商材を輸入と見なさず保税品のまま、原材料として工場で利用できる特別区を作ることにより、利用企業の輸入関税が発生しない優位性を高めて製品を作り、その製品を香港から輸出する仕組みを構築した。香港、深圳市間でも、輸入関税が発生しないよう法律を作成したので、原材料原価の抑制と事務業務の軽減で深圳市企業の有効活用が図れる。広東省は、大規模投資を実施し、中央政府と結託して、この計画を推進した。

ところが、香港、深圳間の輸出入量は思いの外増えなかった。香港の住民は、偏西風に乗って来る深圳工場地帯からの大気汚染に脅えていた。その反面、マレーシアへの輸出には飲料水での友好的関係で精神的な障害がなく、思いの外好調となった。深圳へは、マレーシアへの輸出品と重なる品物が多く、障害となっていた。深圳市では、特別区の稼働に併せてその周辺に従業員人口の拡大を見越して大型住居群の建設も既に完成時期を迎えていた。工場経営者たちは、製造した品物を安くしか売れない国内用に振り分けていた。国内で販売すると、製造した品物は保税品利用の原価圧縮の恩恵を受けることができない。伸びない原材料の確保に追われて、従業員の募集もままならない状態となっていた。香港の経済力をうまく利用できない状態が続いた。周熙来《チョウシーライ》は、香港政府に深圳市への輸出促進に対して、強権的に対応することを要求した。香港政府の返事は、「企業取引への政治的影響は、自由経済の根幹を揺るがす為に、要求には答えられない」と言うものだった。我慢するしかなかった。中国でありながら、中国でない香港政府を中国政府の方法で傀儡にできないことが、苛立たしく、民主的な資本主義、自由経済に対しての嫌悪感が募っていった。

マレーシア政府は、シンガポールへ輸出している上水を、飲料水として逆輸入し、ジョホール海峡沿いにペットボトルに詰める工場を建設し、大型コンテナ船で輸出した。ペットボトルは、五百㎖、二ℓ、三ℓ、五ℓと多様性と利便性を考慮していた。シンガポールの香港系企業ウッドランド株式会社は、マレーシアのペットボトル詰め替え工場建設費の半額と、シンガポールの飲料水工場から、ジョホール海峡を繋ぐ海底パイプラインの建設費用を全額出費した。ウッドランド株式会社は、永続的に飲料水輸出益の二十%を得ることが出来た。また、詰め替え工場の株式の四分の一を取得した。香港では、三国貿易で発生した海外の売上に対して、税金がかかることはない。その為、香港で売上益を保持することにより、税金対策を行うことができた。中国本土に依存していた飲料水が、広州市の水道水だったり、珠江の蒸留水だったりの偽装品が出回り、香港市民からの信頼が得られず、安心できる飲料水を求めていた。マレーシアからの飲料水の輸入は、渡りに船だった。大型コンテナ船で、大量に安価なボトル入り飲料水を輸入することにより、香港の飲料水はマレーシア産が当然となった。

香港政府は、マレーシアとの飲料水事業を永続的に継続する為、貿易協定を結んだ。マレーシアは、香港からの商材輸入関税の徴収を撤廃、または、少額とした。香港政府も香港から輸出した原材料を使っている製品と飲料水に対して、輸入関税をほぼ撤廃した。

香港、シンガポール間の輸出入量は、以前より中国の後ろ盾がある香港からの輸出過多が続いていた。その為、シンガポールから香港へのコンテナ船は、空コンテナの輸送となっていた。船社は、シンガポールからの荷物を欲していた。中には、シンガポールからのコンテナ運賃は無料で、運搬手数料のみで、輸送している船社もあった。ウッドランド株式会社は、そこに飲料水を詰め込んだ。狙いは当たり、船社は、海上運賃の大幅な値引きで飲料水の輸送と、シンガポール港の空コンテナの優先的な利用を約束した。香港からシンガポールへは、輸入商材が、逆にマレーシアからの輸出には大量の飲料水輸送ができたことにより、往復での輸送効率の向上による物流費の削減で、船社や各国の工場、市民を巻き込んで盛況となった。副産物として、マレーシアの飲料水は、ＡＳＥＡＮ諸国にも、友好的に低価格で、安定的に輸出することができた。

一方、鄧小平《リーピン》の心には、大きな迷いが生まれていた。

「復讐したいと思っている人は、過去に私達家族を追い詰めた人達だろうか。彼ら、彼女らの中には、既に年老いて、善悪を通り越して苦労し、自分なりの生き様の中で子供達を育て、小さな幸せを手に入れている人もいる。しかし、現実世界の中で一人の子供が結婚し命を授かると、その一人の命に二人の親と四人の祖父母、大勢の曽祖父母がのし掛かっている。この現実の中で、この人達を復讐により制裁することにどのような意味があるのだろうか。また、それは復讐と言えるのだろうか。小詩《シャオシ》の死の意味を理解することができるのだろうか。現実の世界と、私の復讐とに、違和感がある。私達を未だに蔑んでいるのは、誰だろうか」

少数の裕福な人たちが、更なる金融的な保有財産の拡張と制度的な保持を行う為に、政府を動かし、行政を動かし、自分達の為の金融政策、財産管理の制度を構築させることができた。合法的に、財産は守られ、蓄積され、高度に増幅する知識を掴むことにより、我が世の春を構築した。高度な知識を持つことができない貧困層は、永遠に搾取されるその他多数の人々として、生きていくしかない。搾取される優秀な人員を確保する為に、教育制度を充実させ、社会保障を拡充し、より効率的に搾取される人々を彼ら、彼女らの欲望の赴くままに、民主的な社会であっても、社会民族主義の世界でも、希望と夢を利用して社会秩序がより良い方へ向いていると思わせる為に構築されている。一般市民に適度な収入を与え、税金を収集し、そのお金で、制度、法律を作り、行政施策として、運用し、富裕層が望む世界を盤石に築いていた。社会秩序の歪みは、現実社会に現れ出していた。

上海では手や足が不自由な、物乞いを生業としている乞食と言われる人達が、ここ数年、巷に溢れている。厦門の台湾海峡が見える公園には、木の陰に隠れながら、幼児を監視し、操って、観光客にまとわりついて、花を売りつけている少女をじっと見つめている大人たちがいる。タクシーに乗ろうとする観光客に開いたドアの内にすべり込むように し、小銭を渡さないとドアを閉じられないところに立っている小さな男の子がいる。困り果てた外国人を見ながら、公園の木陰で笑いを堪えている人がいる。外国の駐在員や身なりの良い中国人のズボンのポケットには、必ず五角（約8円）コインが複数枚、入っている。

香港は、鎖国で見えなくなっていた清王朝が造った唯一残された中国大陸の窓口だった。狭い窓口だったが、多くの物、人と情報が荒波に乗せられて、右往左往しながら通過していった。誰の手でも止めることができないような勢いだったが、利権を守る為に塞ごうとする人達と広げようとする人達のせめぎあいが続いていた。

蔣介石《ジャンジェシー》の国民党は、台湾に逃げ延び、１９４９年10月1日、中華人民共和国が建国された。

『人民はその能力に応じて、人民の為に生産し、その生産物を人民に分け与える』

『人民は生産の為の必要に応じて、人民より必要なものを分け与えられる』

その崇高な思想は、現実から跳ね返されていった。ソ連邦は、ゴルバチョフ大統領によるペレストロイカにより、中華人民共和国は、鄧小平《デンシャオピン》の改革開放により、社会主義的な共和国の思想は崩壊したが、権威、権力と権益は一部の人達により継続された。その後、国家存続の号令の下、国家権力と国家権威が増長する反面、国民は、命を搾取されながら貧困の中で生きていくことになる。そして、この生活が当然との思想を徹底する為に、国は、情報と思想を操作することになる。国民は民主的な権力構造を制御する為の教育機会を奪われ、リスク管理の一環として、富裕者が構築した国富政策が推進される。

《小詩《シャオシ》、天国で楽しく健やかにいることを祈っています。あなたのことを忘れることができません。

姐姐《ジィエジィエ》は、十年以上かけて頑張って来たけど、失敗しちゃった。また、一人ぼっちになっちゃった。やっぱり、あの時と同じように、「もう、私には誰もいない。一人で生きていくしかない」と決めたことを、やらないと駄目だね。

あなたとのことを、思いながらも世界の人達が欲望の中で生きることに必死なのが分かってきたように思います。昔、中国共産党が公営化を進めたけど、腐敗と素人集団による非生産的な仕事の進め方で多くの人が貧困で苦労し、亡くなったけど、その責任を問われて指導者が変わって、営利化を進めたら、お金に狂った人たちにより、予想以上に効率化が進んで、多くの人達は切り捨てられた。いつまでも貧乏人は、必死に働いた。一部の心ない権威権力にしがみ付く人達に利益を搾取されながら、生きる為に我慢強く貧乏生活を続けていく。そして、決してお金持ちにはなれないし、生活が向上しないので病気にもなる。同じ人間だけど、不条理よね。理不尽よね。一部のお金持ちや権力者の為に必死に労働して、貧乏生活をして死んでいくことが、この社会なのかなぁ。豚や牛、鶏は毒を食べて、その毒を以て、人間に食べられながら復讐しているように見えてきます。野菜や魚も同じ気持ちかもしれません。これが復讐の姿、形なのかなぁ。

父亲《フーチン》や母亲《ムーチン》は、今、どうしているんだろう。奶奶《ナイナイ》（お婆ちゃん）は、何している。人に頼らず、甘えず、心を決めて、一からやり直すよ。まだ、私は、燃え尽きていないし、心の氷の塊も溶けていない。でも、姐姐《ジィエジィエ》が、あなたの為に復讐しなければならない人達は、いったい誰なんでしょうか。暫く安穏で平和な処で、ゆっくり考えてから、再始動しようと思います。ごめんね。

小詩《シャオシ》がなぜ生きていけなかったのか、私の罪の大きさに慄いています。》

## 第一章「再起」

港湾広場……遼寧省大連市港湾部の公園
163……中国国内用ポータル・網易
濱海路……遼寧省大連市南東の海沿いの観光道路
星海公園……遼寧省大連市南部、海沿いの公園
中山公園……遼寧省大連市中央部の公園
遼寧省鞍山市……中国遼寧省中央部に位置する都市
満族……中国少数民族
初級中学……日本の中学校に相当
ポリオ……脊髄性小児麻痺
高級中学……日本の高等学校に相当
豫園商城……上海市浦西に有る明代の庭園周辺の商業地
東方明珠……上海市浦東に有る東方明珠电視塔、上海テレビ塔
金茂大廈……上海市浦東に有る当時の上海最高の高層ビル
黄浦江……上海市中心を流れる長江の支流
虹橋空港……上海虹橋国際空港（上海市）

**河原 城**（かわはら じょう）

1959年、大阪府生まれ。

1983年、コンピュータシステムの開発会社に就職。

以降2020年迄、主に事業会社の販売物流、生産管理等の大型業務システム構築に従事。

調査分析等で、ほぼ全ての都道府県への訪問と10ヵ国地域程で百回以上の海外出張を経験。

2020年、物流機器サービス会社に就職。2023年現在在職。

# 上海《シャンハイ》の白《しろ》い雲《くも》

2023年8月31日　第1刷発行

著　者　　河原城
発行人　　久保田貴幸

発行元　　株式会社 幻冬舎メディアコンサルティング
〒151-0051　東京都渋谷区千駄ヶ谷4-9-7
電話　03-5411-6440（編集）

発売元　　株式会社 幻冬舎
〒151-0051　東京都渋谷区千駄ヶ谷4-9-7
電話　03-5411-6222（営業）

印刷・製本　シナジーコミュニケーションズ株式会社
装　丁　　田口美希

検印廃止

ISBN 978-4-344-94456-5 C0093
幻冬舎メディアコンサルティングＨＰ
https://www.gentosha-mc.com/

羽田空港……東京国際空港

**第四章「安穏」**

カーディフ……英国ウェールズの首府
中南海……北京市内の紫禁城の西側、皇帝の離宮
太液池……北京市内の紫禁城の北西にある北海・中海・南海を太液池と総称されている
蒲台島……香港最南端の離島

大連空港……大連周水子国際空港（遼寧省）
フライ・アップ……英国風の朝食
浦西……上海市内を流れる黄浦江の西側、旧市街地
十六舗……上海市浦西に有る観光エリア、旧租界地の倉庫街
江蘇省蘇州市……中国江蘇省東南部の都市
四川省成都市……中国四川省の省都
三つの代表……中国共産党が先進的生産力、先進的な文化、広範な人民の利益の三つを代表するという発想
成田空港……新東京国際空港
金鱗湖……大分県湯布院の観光地

**第三章「興隆」**

遼東半島……渤海東北部に位置する遼寧省の半島
山東半島……渤海東南部に位置する山東省の半島
城管……中国の地方行政機関職員
フォアポンメルン州……ドイツのバルト海に面した新連邦州のひとつ

外灘……上海市浦西に有る観光エリア、旧租界地区
浦東……上海市内を流れる黄浦江の東側、新開発区
天津空港……天津浜海国際空港（天津市）
満僑……漢民族の華僑と同様の満州民族の海外移住先生活共同体
香港空港……香港赤鱲角国際空港
浦東空港……上海浦東国際空港（上海市）
春節……旧暦正月
関空……関西国際空港
中国共産主義青年団……中国共産党による指導のもと若手エリート団員を擁する青年組織
上山下郷運動……文化大革命期、青少年の地方での徴農を進める運動
知青……知識青年の略称、文革時に農村部へ派遣された青年たちの呼称。一般的に高等教育を受けたインテリの青年たちを指す

**第二章「挺身」**

香港トラベル……香港トラベル有限公司
東方トラベル……東方トラベル有限公司